O CULPADO DE TUDO – OU, SIMPLESMENTE, O AMOR

O CULPADO DE TUDO – OU, SIMPLESMENTE, O AMOR

Jarbas Luiz Dos Santos

Minha editora é um selo editorial Manole

Editor gestor: Walter Luiz Coutinho

Editora: Karin Gutz Inglez

Produção Editorial: Lia Fugita, Juliana Morais, Cristiana Gonzaga S. Corrêa

Capa e projeto gráfico: André E. Stefanini

Diagramação: JLG Editoração Gráfica Ltda.

Dados Internacionais de Catalogação na Publicação (CIP)

(Câmara Brasileira do Livro, SP, Brasil)

Santos, Jarbas Luiz dos

O culpado de tudo , ou, simplesmente, o amor / Jarbas Luiz dos Santos. – 1. ed. – Barueri, SP : Manole, 2015.

ISBN 978-85-7868-175-3

1. Amor 2. Clássicos literários 3. Literatura grega 4. Literatura - História e crítica 5. Livros e leitura I. Título.

14-06883 CDD-809

Índices para catálogo sistemático:

1. Clássicos : Literatura : História e crítica 809

1ª edição – 2015

Editora Manole Ltda.

Avenida Ceci, 672 – Tamboré | 06460-120 – Barueri – SP – Brasil

Tel.: (11) 4196-6000 – Fax: (11) 4196-6021 | www.manole.com.br | info@manole.com.br

Impresso no Brasil | Printed in Brazil

Este livro contempla as regras do acordo ortográfico da língua portuguesa de 1990, que entrou em vigor no Brasil em 2009.

São de responsabilidade do autor as informações contidas nesta obra.

Todos os esforços foram feitos para encontrar os detentores dos direitos autorais das imagens publicadas neste livro. Nem sempre isso foi possível. Teremos o maior prazer em creditá-los caso sejam determinados.

SUMÁRIO

RAPSÓDIAS – A LITERATURA, A ÓPERA, O CINEMA E AS HISTÓRIAS NOTÁVEIS 111

INTRODUÇÃO E JUSTIFICATIVA

DIANTE DE TUDO O QUE JÁ SE ESCREVEU sobre o amor durante a história da humanidade, por que o fazer novamente? O motivo não pode ser descrito com precisão, mas, certamente, ao se escrever sobre esse objeto tão talhado ao longo do tempo, se pretende ao menos o indicar como fonte inesgotável de todo o tipo de inspiração, como a inspiração teórica, que leva à formulação de teses e especulações, a inspiração prática, que conduz à ação, e a inspiração moral, que nos leva a julgar as ações, as pessoas, as ideias, as concepções, as situações, etc. Em suma, o amor parece reinventar-se, modificar-se, mantendo, porém, alguns traços essenciais que permitem sua identificação em condutas e pensamentos tão díspares e, ao mesmo tempo, apresentando tantas variantes, que permitem afirmar que ele continua uma matéria obscura, enigmática e confusa. Em outras palavras, se todos os "amores" têm algo em comum – uma "essência" –, também têm diferenciais objetivos (reconhecidos por qualquer um) e subjetivos (relacionados à maneira como são vistas e interpretadas as situações amorosas). Também por essa razão, toda a teorização acerca do amor nunca é puramente especulativa, pois traz em si dados concretos de forma direta ou nas entrelinhas. Prefiro, desde já, não negar essa problemática.

Não se pode negar, contudo, que são sempre razões de ordem muito pessoal que levam ao estudo e à tentativa de teorização do amor. Nas palavras de Rilke (2013, p. 80), a quem recorrerei algumas vezes, "só existe um caminho: penetre em si mesmo e procure a necessidade que o faz escrever. Observe se esta necessidade tem raízes nas profundezas de seu coração". Da minha parte, as leituras constantes sobre o tema (confira a lista na bibliografia, lida no decorrer de anos), a idolatria nutrida pelo diálogo *O Banquete* de Platão (a maior obra já escrita sobre o tema, pois, acreditem, nas linhas ou nas entrelinhas, há um esboço bem acabado de todos os aspectos relativos ao amor), a verificação do substrato amoroso por trás de grandes romances, a explosão do sentimento amoroso na ópera lírica, o conhecimento, sobretudo por conta de minha atividade profissional, de tantas situações inusitadas e praticamente inexplicáveis, e, por fim, mas não menos importante, uma grande desilusão amorosa foram os fatores determinantes para que eu me debruçasse um pouco mais sobre o tema. Em especial, este último fator aponta para o caráter onírico e pessoal das relações amorosas: é como se cada um de nós sonhasse com tamanha intensidade de modo a ver no sonho as coisas como se fossem realidades, como se as conhecêssemos perfeitamente... até o despertar, quando então passamos a descobrir que pouco, quase nada, ou mesmo nada, sabemos. Eis o passo inicial para a busca da compreensão do amor, busca esta caracterizada pela tentativa, quase sempre em vão, por atingir, de alguma maneira, a outra pessoa – o objeto do desejo amoroso. Conforme preleciona Barthes (2003, p. 100-101), uma de minhas leituras favoritas sobre o tema:

> *sempre há, no discurso sobre o Amor, uma pessoa a quem nos dirigimos, mesmo se essa pessoa houver passado ao estado de fantasma ou de criatura a vir. Ninguém tem vontade de falar do amor, se não for para alguém.*

Também por essa razão, toda a teorização acerca do amor nunca é puramente especulativa, pois traz em si dados concretos de forma direta ou nas entrelinhas. Prefiro, desde já, não negar essa problemática.

Com relação ao título, *O culpado de tudo – ou, simplesmente, o AMOR*, é necessário reconhecer sua natureza pretensiosa e mesmo presunçosa. Uma tentativa de teorização que busca tratar do "todo", à maneira das grandes metafísicas filosóficas já deixadas para trás, comporta escusa ou, ao menos, uma justificativa. O termo "culpado"[1], por sua vez, deve ser entendido em um primeiro momento não no sentido moral

---

1 Quando se afirma, por exemplo, "a chuva é culpada pelas enchentes", a palavra "culpada" é neutra, isto é, serve para estabelecer uma simples relação de causa e consequência entre dois termos, entre dois fenômenos. Ao contrário, quando se afirma "essa administração é culpada pelas enchentes", não se está simplesmente correlacionando termos ou fenômenos, mas, sim, imputando a alguém uma ação ou omissão decorrente de uma má escolha (por equívoco ou por má-fé). Nessa segunda oração, não há neutralidade do termo "culpada". O título deste livro lida com as duas conotações dos termos "culpa"/"culpado", ora apontando para uma mera e neutra relação de causa e consequência, ora indicando um valor moral, sem qualquer traço de neutralidade.

ou do predicativo derivado de um julgamento (antônimo de inocente), mas, antes, compreendido como sinônimo de causa, de fator gerador ou desencadeador. Em um segundo momento, porém, o "culpado" é uma decorrência da vinculação entre o amor e seus malefícios/benefícios. Quanto às possíveis definições de amor, elas serão tratadas em momento oportuno, conforme o desenrolar da explanação.

No tocante às citações, é preciso ressaltar que elas se mostram necessárias por conta de um mínimo de honestidade intelectual, mesmo porque não se tem aqui a pretensão absoluta de originalidade. Do ponto de vista etimológico, a palavra latina *auctor* (autor) é derivada de *augere* (aumentar), de modo que podemos conceituar "autor" como "aquele que aumenta", "aquele que acrescenta". Daí a utopia da pretensa originalidade absoluta. Neste breve trabalho, além de se renunciar praticamente por completo à originalidade quanto ao conteúdo, reconhece-se um mero rearranjo pessoal daquilo que vem sendo escrito acerca do amor, restringindo-se a originalidade a essa diferente arrumação das peças de um quebra-cabeças, ou, em outros termos, uma mera originalidade parcial quanto à forma. É certo que, ao lado de citações plenamente identificadas, serão encontrados aqui termos, frases, pensamentos e ideias lidos em algum lugar perdido no passado e guardados em meu reservatório mental. Não penso, contudo, se tratar de desonestidade intelectual ou plágio. O plágio verifica-se quando, de modo intencional, apropria-se do trabalho intelectual de outrem como se fosse seu. Prefiro pensar que, neste breve escrito, ocorre o uso da "criptomnésia", definida como memória oculta, subliminar, ancestral ou inconsciente. É esse tipo de memória da qual nos valemos quando esquecemos as fontes daquilo que lemos e que, de alguma maneira, tenha nos marcado a ponto de haver permanecido em nossas mentes. Nossa memória parece ser um verdadeiro furtador que age sorrateiramente à noite e, pouco a pouco, constrói uma habitação (como uma oca, uma casa pequena, uma grande casa, uma mansão ou um palácio) com materiais provenientes dos furtos que realiza de modo constante ao longo de nossa vida. Um dia, com a construção já avançada, passamos a residir nessa habitação. É inexorável que nossa memória incorpore ideias, conceitos, concepções e até mesmo experiências que não são originalmente nossos, mas que passam a ser de modo diverso, pois são reorganizados e postos a nosso serviço, tornando-se parte de nossos pensamentos e de nós mesmos. Eis a forma que utilizo para refutar, desde já, qualquer acusação de plágio.

Ainda no âmbito da justificativa, a crença na relevância do amor, seja qual for a definição a ele atribuída, parece constituir um imperativo para este escrito. O reconhecimento desta relevância é de longa data. Já na cosmogênese da doutrina órfica[2], podemos verificá-la: dizia-se que, no princípio, era tão somente a Noite, uma noite infinita que certa vez botou um ovo, do qual saiu justamente o Amor. A casca do ovo partida, por sua vez, deu origem ao Céu e à Terra, unidos pelo Amor, o centro do Universo, a força aglutinadora, o representativo da unidade antes do rompimento, o local da regeneração e da geração da Vida, em suma, uma força cósmica que a tudo aglutina. Sua força, porém, é de tamanha grandeza que acaba por gerar igualmente a devastação e a dor. Justamente por isso, abordar esse tema é semelhante a entrar em uma jaula onde há uma

---

2 *Vide*, a respeito, a nota 30 sobre o orfismo encontrada no capítulo dedicado à obra *O Banquete*, de Platão.

fera prestes a nos devorar ainda vivos, mas, mesmo cientes dessa possibilidade, não retrocedemos. Daí surge a afirmação da resistência do amor às tentativas de racionalidade.

Se as explicações míticas cederam lugar às explicações de outras naturezas, em especial as de cunho científico e filosófico[3], fato é que ainda se busca indicar e entender a relevância do amor – o que, ademais, não retira do mito sua força interpretativa e explicativa. Do ponto de vista científico, certamente é a Psicologia (estudo do comportamento humano e dos correlatos processos mentais) que vem dedicando maior afinco ao estudo da temática do amor. Já do ponto de vista filosófico, diversos são os autores que se dedicaram ao tema – ainda que não se trate, como já dissemos, de um dos temas centrais da Filosofia[4].

---

3 No tocante ao tema do Amor, entretanto, afirma-se comumente que ele não tem recebido a devida atenção por parte da Filosofia, sendo, algumas vezes, considerado um tema "infrafilosófico". É o que afirmam, por exemplo, Lancelin e Lemmonier na Introdução da obra *Os Filósofos e o Amor*, cujas palavras iniciais são: "Um lugar-comum solidamente arraigado reza que o amor e filosofia não se dão bem. Quartos separados, pelo menos desde os tempos modernos. Ao desencanto generalizado do mundo, o amor, sentido mágico único, teria resistido mal. (...) No fundo, a tradição pessimista dos moralistas franceses teria vencido a batalha do amor". Na mesma linha de pensamento, encontramos Schopenhauer (2011, p. 81): "deve antes surpreender que uma questão que assume um papel de primeira ordem na vida humana quase não tenha sido, até agora, levada em consideração pelos filósofos, e se apresente diante de nós como uma terra inexplorada".

4 Interessantíssima, a respeito, a abordagem feita por Simon May, em sua obra *Amor – Uma História*, que será mencionada diversas vezes neste livro. O autor aponta filósofos que, de alguma forma, se dedicaram ao tema do amor,

Por fim, é importante acentuar que algumas transcrições de excertos de obras foram inseridas com finalidade de chamar a atenção para as diferentes linguagens dos autores citados, até porque, conforme será afirmado mais adiante, conteúdo e forma fundem-se na composição de qualquer obra, portanto, fundem-se também na tentativa de indicar, explicar, elucidar ou, eventualmente, ocultar o que vem a ser o amor.

Há, em determinados momentos, costuras de teorias e pensamentos diversos sobre o tema. Algumas dessas costuras são sutis e podem passar despercebidas; porém, outras equivalem àqueles remendos grossos, espessos, como os que nos vêm à mente com a recordação da figura de Frankenstein, a criatura. Isso possibilita a leitura dos capítulos deste livro de forma bastante autônoma. Não creio, entretanto,

---

com os seguintes subtítulos: "Do desejo físico ao paraíso" – Platão; "O amor como amizade perfeita" – Aristóteles; "O amor como alegre compreensão do todo" – Spinosa; "O amor como Romantismo esclarecido" – Rousseau; "O amor como religião" – Schlegel; "O amor como a ânsia de procriar" – Schopenhauer; "O amor como afirmação da vida" – Nietzsche. Juntamente a esses pensadores da Filosofia, May aborda as questões das escrituras hebraicas, como "o fundamento do amor ocidental"; "o amor como desejo sexual", conforme concepções de Lucrécio e Ovídio; "o amor como a suprema virtude", nos moldes do que fora colocado pelo Cristianismo; a colocação da mulher como ideal, nos termos da concepção amorosa dos trovadores; além de tratar sobre o pensamento de Freud do "amor como uma história de perda" e do pensamento de Proust que vê no amor o terror e o tédio. A conclusão de May propõe uma reconsideração da questão amorosa com a afirmação de que o amor não é incondicional, nem mesmo o amor cristão.

tratar-se de uma falha, até porque nos parece que o amor – e, por consequência, qualquer tentativa de teorização acerca dele – tem essas características: ora sutil, sensível, diáfano; ora espesso, insensível, marcante. Justamente nos momentos dessa costura espessa é que encontraremos citações que muito provavelmente tenham um sentido diverso no contexto originário no qual tenham sido geradas. Trata-se, porém, de citações que, pelo impacto que provocam quando isoladas do contexto originário, ganharam autonomia suficiente a ponto de poderem ser utilizadas em contextos diversos, nos quais adquirirão novas conotações. É o que ocorre, por exemplo, quando se cita Santo Agostinho ou Hannah Arendt (que escreve sobre o conceito de amor em Santo Agostinho) neste livro. No entanto, aqui também a natureza heterogênea do amor permite esses deslocamentos, essas releituras conceituais e esse apropriar-se de conceitos para os utilizar com finalidades diversas das originariamente pretendidas.

Nessas breves notas, espero haver justificado, ainda que minimamente, o interesse pelo tema – interesse teórico (uma tentativa de explicação), interesse prático (como agir diante de tudo o que se verifica) e interesse moral (como julgar a partir do que se teoriza e do modo como se age). Esse interesse, entretanto, é explicitado com o intuito de lançar luzes às possíveis reflexões sobre o tema, e não em fornecer qualquer receita ou técnica a respeito. Isso porque amar é, certamente, uma experiência pessoal – personalíssima – na qual cada um pode tê-la por si e para si. Trata-se, porém, de uma reflexão que reputamos fundamental, pois, parafraseando Lucrécio, vazio se mostra qualquer discurso que não busca contribuir para curar as doenças da alma. E, se o amor revela-se como um dos principais fatores causadores de tais doenças e suas feridas, tentar entendê-lo é procurar abandonar esse vazio, é tentar evitar essas doenças.

Pensemos neste escrito como uma aventura originada pela "vontade de verdade", consoante expressão consagrada por Nietzsche, que, no início de sua magnífica obra *Para Além do Bem e do Mal*, afirma que

> *a vontade de verdade ainda nos há de arrastar para muitas aventuras. (...) Quantos problemas nos tem levantado essa vontade de verdade! Quantos problemas insólitos, graves, duvidosos! (...) Por que não havíamos de preferir a não verdade? Talvez a incerteza? Quem sabe a ignorância?*

Uma aventura na tentativa de lançar luzes às "verdades" acerca daquilo que pode ser visto como a causa para tudo neste mundo e nesta vida – assim pensamos e concebemos a escrita desta obra, sem receio de caminharmos por breves distâncias ou mesmo de não sairmos do lugar.

Amar

Que pode uma criatura senão,
entre criaturas, amar?
amar e esquecer,
amar e malamar,
amar, desamar, amar?
sempre, e até de olhos vidrados, amar?
Que pode, pergunto, o ser amoroso,
sozinho, em rotação universal, senão
rodar também, e amar?
amar o que o mar traz à praia,
o que ele sepulta, e o que, na brisa marinha,
é sal, ou precisão de amor, ou simples ânsia?
Amar solenemente as palmas do deserto,
o que é entrega ou adoração expectante,
e amar o inóspito, o áspero,
um vaso sem flor, um chão de ferro,
e o peito inerte, e a rua vista em sonho, e uma ave de rapina.
Este o nosso destino: amor sem conta,
distribuído pelas coisas pérfidas ou nulas,
doação ilimitada a uma completa ingratidão,
e na concha vazia do amor a procura medrosa,
paciente, de mais e mais amor.
Amar a nossa falta mesma de amor, e na secura nossa
amar a água implícita, e o beijo tácito, e a sede infinita.

(Carlos Drummond de Andrade)

APRESENTAÇÃO

Não há assunto que desperte mais interesse que o "relacionamento", em especial o "relacionamento amoroso", por ser o sentimento amoroso um assunto central na vida humana. Tal qual declarado por Rosa Montero (2009, p. 12),

> *a questão do amor é uma vulgaridade, um lugar-comum, um dos clichês mais usados da Terra. Desde o início dos tempos, filósofos e artistas têm tratado do assunto com insistência obsessiva, e provavelmente não tenha havido um único ser humano que, chegando à idade da razão, não haja dedicado ao tema uma boa quantidade de pensamentos.*

Apenas fazendo um adendo sobre a afirmação de Rosa Montero, do ponto de vista histórico, parece que apenas no período contemporâneo é que a insistência quanto ao tema de fato ganhou a natureza obsessiva. Isso porque, segundo os historiadores e demais estudiosos do assunto, na Pré-história desconhecia-se a noção estável de casal, até mesmo porque não se concebia com exatidão a relação entre sexo e procriação[5], de modo que, dentro de um mesmo grupo (tribo), todos pertenciam a todos e as crianças tinham vários pais e mães.

Já na Antiguidade, as coisas se alteram com o surgimento da noção de casal e a instituição do casamento, ainda que com algumas peculiaridades: na Grécia, com a desvalorização da figura feminina, só o homem era verdadeiramente amado, o que certamente levou à figura da efebia (relação entre um homem mais velho e um jovem, via de regra, na qualidade de, respectivamente, mestre e discípulo – relação pedagógico-pederástica[6]). O cidadão grego poderia ter à sua disposição,

---

5 Segundo Regina Navarro Lins (2013, p. 12), na Pré-história, "supunha-se que a vida pré-natal das crianças começava nas águas, nas pedras, nas árvores ou nas grutas, no coração da terra-mãe, antes de ser introduzida por um sopro no ventre da mãe humana".

6 Victor Sales Pinheiro, autor da brilhante introdução da tradução d'O *Banquete* utilizada neste trabalho, com base em apontamentos feitos por Brisson, importante platonista do século XX, aponta ao menos cinco características da relação pedagógico-pederástica, em paráfrase: 1. a paiderastia é a relação sexual e educacional entre um cidadão adulto e um *paîs* (também *neanískos*, *meirákion* ou *ephébos*), garoto na fase que vai da puberdade ao aparecimento da primeira barba, aproximadamente dos 12 aos 18 anos, capaz de provocar desejo erótico no adulto; 2. um homem grego não se sente atraído por outro homem, nem um garoto por outro, o que impede de denominá-los "homossexuais" no sentido moderno do termo. Não há reciprocidade erótica na estrutura pederástica, ao contrário, o garoto não se sente sexualmente atraído pelo adulto, apenas lhe serve eroticamente em troca do benefício pedagógico; 3. a paiderastia não é exclusiva a um tipo de homem com tendências homoeróticas, mas compõe a normalidade social

desse modo, esposa, concubina e efebos. Os casamentos eram, em regra, combinados inteiramente pelos homens, sem interferência ou consentimento das mulheres negociadas (negócios entre famílias), que eram dadas, compradas pelos maridos como quaisquer bens que integrassem uma propriedade. Na Roma antiga, desenvolveu-se a concepção de serem necessários a prudência e o autocontrole (até como influência de teorias filosóficas oriundas do pensamento grego). Na Antiguidade tardia, sob a influência do Cristianismo, então a religião oficial do Estado, passa-se a valorizar a castidade – donde surgiu a visão negativa do ato sexual, cuja função seria, desse modo, tão somente a procriação.

O primeiro período da Idade Média (denominado Alta Idade Média), como continuidade das concepções da Antiguidade tardia, sobretudo em virtude do fortalecimento do Teocentrismo, foi marcado também pela valorização da castidade. Em contrapartida, na Baixa Idade Média, concebeu-se

---

dos cidadãos; 4. a assimetria emocional e erótica subsiste: distingue-se o eros do amante (*erastes*) da *philia* do amado (*erômenos*); 5. a linguagem erótica, presente na literatura grega e abundante nos diálogos de Platão, revela-se discreta, mas é indicativa da dimensão sexual da relação pederástica. Em suma, a paiderastia tinha uma função de introduzir o adolescente na sociedade masculina, tratando-se de um sistema de transmissão social de funções cívicas, uma iniciação no grupo que dirigia a cidade econômica e politicamente. Herança de uma sociedade guerreira, a dominância masculina é característica fundamental da sociedade grega antiga, que exaltava as virtudes viris militares, como a força, a bravura e a fidelidade. Uma cultura militar desse tipo tende a neutralizar o amor pela mulher, considerada substancialmente inferior (p. 45-47).

o denominado "amor cortês", segundo o qual o homem (que nele desempenhava o papel de agente ativo) deveria servir à dama (o agente passivo da relação) e dela suplicar atenção como retribuição. Essa forma de amor era calcada na idealização da pessoa amada – perfeita e inacessível. Tal idealização pode ser relacionada, de certa maneira, à intensificação do culto prestado à Virgem Maria, pelo qual se estenderia o papel dela como intercessora entre o mundo material e o universo divino ao papel da mulher no mundo – possuidora de maiores virtudes e, portanto, mais próxima do divino. Eis a forma como Dante (1265-1321) concebeu seu amor à Beatriz e como Petrarca (1304-1374) concebeu seu sentimento por Laura. É esse "amor cortês" o verdadeiro ancestral do "amor romântico" que surgiria séculos depois, razão pela qual vale a pena meditar sobre ele com um pouco mais de afinco, como por meio da precisa descrição feita por Stendhal (2011, p. 140), transcrita a seguir:

> *O amor tomou uma forma singular na Provença, de 1100 a 1228. Havia uma legislação estabelecida para as relações entre os dois sexos no amor, tão severa e exatamente obedecida como podem ser hoje as leis de ponto de honra. As leis amorosas faziam abstração completa dos direitos sagrados dos maridos. Elas não supunham hipocrisia alguma. Essas leis, tomando a natureza humana tal como é, deviam produzir muita felicidade.*
>
> *Havia a maneira oficial de se declarar apaixonado por uma mulher e a ser acolhido por ela na qualidade de amante. Depois de tantos meses de corte, obtinha-se o direito de beijar a mão. A sociedade, jovem ainda, gostava de formalidades e cerimônias que então mostravam a civilização, e hoje matam de tédio. O mesmo caráter encontra-se na língua dos provençais, na dificuldade e entrelaçamento de suas rimas, em*

suas palavras masculinas e femininas para exprimir o mesmo objeto; enfim, no infinito número de seus poetas. Tudo o que é forma na sociedade, e que hoje é tão insípido, gozava então de todo o frescor e sabor de novidade.

Depois de beijar a mão de uma mulher, avançava-se aos poucos, conforme o mérito e sem saltar direitos. É preciso bem notar que, se os maridos estavam fora da questão, de outro lado o avanço oficial dos amantes detinha-se no que chamaríamos as suavidades da amizade mais terna entre pessoas de sexos opostos. Mas depois de diversos meses ou anos de prova, uma mulher encontrando-se perfeitamente segura do caráter e discrição, e esse homem tendo com ela todas as aparências e facilidades dadas pela amizade mais terna, essa amizade devia dar à virtude fortes alarmes.

Falei em saltar direitos; é que uma mulher podia ter diversos amantes, mas um só nos postos avançados e graus superiores. Parece que os outros não podiam avançar muito além do grau de amizade que consistia em beijar-lhe a mão e vê-la todos os dias.

Durante a Renascença, já na entrada da Idade Moderna, as questões amorosas não sofreram alterações drásticas, até porque a condição da mulher não se alterou de modo substancial, cabendo a ela, ainda, o papel de agente passivo da relação – o objeto do desejo amoroso. Pouco depois, na época do Iluminismo, com a supervalorização da razão como guia das vidas humanas, surgiu a galanteria – um modo de demonstrar interesse sentimental, repleto de rituais com fins à conquista. Esses rituais também tinham por finalidade a ocultação das emoções e dos sentimentos.

É a partir do Romantismo, porém, que as coisas começam a se alterar, posto que daí há valorização do sentimento (o homem é o que ele sente) – que não apenas condiciona como também pode ser o guia da razão (ou causa de sua turbação). Essas alterações também podem ser aferidas se analisarmos não apenas o amor em si, mas também o casamento como uma forma de tentativa de equacionar a questão dos relacionamentos amorosos (e não estamos querendo com isso, em absoluto, afirmar a relação necessária entre casamento e amor). Mesmo não havendo sinonímia entre amor e casamento, é certo que por meio desta procurou-se não apenas estabilizar as relações sociais de um modo geral, mas também as relações interpessoais, ou seja, procurou-se normatizar o amor, ainda que, em larga medida, isso tenha sido feito mediante repressão e violência. Essa normatização, que também apresenta características positivas, fez a ordem moral exercer uma verdadeira tirania sobre os sentimentos e sobre a vida privada. Deve-se ressaltar, porém, que embora não sejam sinônimos, "amor" e casamento também não são categorias excludentes entre si, ou seja, podem coexistir na mesma relação.

Em nossa sociedade contemporânea, é corrente falar-se no casamento como o acordo possível a partir da livre escolha do "objeto[7] de amor", o que, entretanto, não afasta por completo – tal qual ainda ocorre em algumas culturas tradicionais – o casamento como uma espécie de contrato por convenção e, para essa última hipótese, o amor seria relegado a um constructo iniciado após o casamento. Tal verificação é útil para

7 Não percamos de vista que o termo "objeto", a partir de sua etimologia, indica qualquer realidade fora de nós como sujeitos cognoscentes (sujeito que conhece ou busca conhecer), não sendo, pois, nessa acepção, restrito às coisas ou objetos materiais.

afirmarmos, sem medo de equívocos, a necessidade de não se confundirem os conceitos "amor" e "casamento", ou, ainda, ver entre eles uma conexão necessária. A conexão poderá existir – e talvez seja essa a situação desejável –, mas estamos no campo das possibilidades, e não das necessidades. Assim, em nossos dias, lidamos não com uma regra geral, mas, antes, com a possibilidade de desenvolvimento de concepções amorosas como aquelas já desenvolvidas ao longo da história, ou, ainda, novas formas de concepção. Dentro dessa variedade de concepções em torno do amor, merecem destaque as concepções literárias próprias do Romantismo, nos termos anteriormente indicados, e do Realismo, cabendo a este uma reação contrária aos ditames do Romantismo, cuja finalidade seria esvaziar o ideal romântico, realocando-o junto às banalidades da existência cotidiana.

Entretanto, é certo que, em nosso mundo pautado pelo individualismo, os relacionamentos são, de um modo geral, ambíguos, posto que trazem consigo, muitas vezes ao mesmo tempo, momentos de alegrias, tristezas e decepções extremadas. Nas palavras de Bauman (2004, p. 8), os relacionamentos

> *oscilam entre o sonho e o pesadelo, e não há como determinar quando um se transforma no outro. Na maior parte do tempo, esses dois avatares coabitam – embora em diferentes níveis de consciência. No líquido cenário da vida moderna, os relacionamentos talvez sejam os representantes mais comuns, agudos, perturbadores e profundamente sentidos da ambivalência.*

De qualquer forma, assiste razão àqueles que veem o amor como um "novo deus". Conforme bem pondera May (2012, p. 13), *desde o fim do século XVIII, o amor preencheu cada vez mais o vácuo deixado pela retirada do cristianismo. Por volta dessa época, a fórmula "Deus é amor" foi invertida em "o amor é Deus", de tal modo que ele é agora a religião não declarada do Ocidente – e talvez a única religião que goza de aceitação geral.*

Nesse mesmo trilhar de ideias, encontramos o posicionamento de Luc Ferry (2013, p. 19-20):

Embora o amor seja provavelmente tão velho quanto a humanidade, (...) sua emergência na família moderna, ou seja, a passagem do casamento arranjado (ou casamento de razão) para o casamento escolhido livremente pelo e para o florescimento do amor (principalmente aos filhos), mudou as cartas de nossa vida, não apenas na esfera privada. A arte e a política também se viram profundamente subvertidas (...).

Este último autor, ainda em notas explicativas acerca da crescente relevância do papel do amor, chama-nos a atenção para o fato de que, na história do pensamento ocidental, houve quatro grandes princípios utilizados para conferir explicações para o sentido de nosso estar no mundo e, portanto, da própria vida, sendo eles: o cosmológico (predominante em boa parte da Idade Antiga), o teológico (acentuado com o surgimento do Cristianismo, no século I e predominante na Idade Média), o humanista (iniciado com o Renascimento e predominante na Idade Moderna) e o da desconstrução (iniciado no pensamento de Schopenhauer e desenvolvido por Nietzsche e Heidegger, fundado na "suspeita radical em relação a todas as ilusões metafísicas e religiosas", com a consequente desconstrução das ideias de cosmos e de Deus). Esses princípios teriam muito a nos dizer, mas, ao mesmo tempo, encontram-se desconectados das explicações que buscamos para nossas existências. A partir dessa constatação é que, segundo Luc Ferry, ocorre a "revolução do amor – um novo princípio de sentido" (op.cit., p. 32-64).

Em suma, ainda que pensemos na crescente relevância do amor, ou, talvez, seria melhor afirmar, na crescente relevância de sua compreensão, não se concebe a vida sem o amor – até porque, conforme discorreremos em outra parte, o amor não se restringe ao relacionamento entre os enamorados (embora seja este o foco de nosso escrito). Ama-se a vida, amam-se os bens, amam-se os familiares e amigos, etc. O amor passa a ser visto, desse modo, como incumbido de realizar aquilo que anteriormente era visto como possível apenas por meio do amor divino. É ele, assim, a fonte de suprema felicidade, mas também de sofrimento e decepção, constituindo uma fonte de significação para a vida. Daí se infere a justificativa pela sua busca, pela sua deificação. Tal busca, porém, deve ser feita com a consciência de se tratar o mais almejado projeto da vida humana, mas também o projeto com maior abismo entre os meios e os fins. De qualquer forma, e justamente por isso, é certeira a colocação feita por Barthes (2003, p. 65) no sentido de que "a miséria amorosa é indissolúvel". Tentemos, assim, refletir um pouco sobre a fuga dessa miséria, eis o propósito deste escrito.

Amor é fogo que arde sem se ver

Amor é fogo que arde sem se ver;
É ferida que dói e não se sente;
É um contentamento descontente;
É dor que desatina sem doer.
É um não querer mais que bem querer;
É um andar solitário entre a gente;
É nunca contentar-se de contente;
É um cuidar que se ganha em se perder.
É querer estar preso por vontade
É servir a quem vence o vencedor,
É ter com quem nos mata lealdade.
Mas como causar pode seu favor
Nos corações humanos amizade;
Se tão contrário a si é o mesmo amor?
(Luís Vaz de Camões)

O PROBLEMA CONCEITUAL

"Com as palavras, todo o cuidado é pouco"
Saramago

FALAR SOBRE O AMOR É FALAR SOBRE O ser humano naquilo que de mais humano (e desumano também) ele possui. No entanto, ao contrário do que isso pode sugerir, a tarefa é árdua e fadada ao insucesso. Árdua porque, conforme será visto posteriormente, não põe fim ao problema, não há receitas ou definições minimamente científicas, então quem almeja as encontrar deve cessar a leitura já nestas linhas iniciais por economia de tempo. Fadada ao insucesso porque, por mais claras que pareçam ser as luzes lançadas sobre o tema, elas se mostram insuficientes, de maneira que permanecemos na escuridão ou, na melhor das hipóteses, na penumbra. Em suma, o amor resiste a toda racionalidade... E tudo tende a piorar se tentarmos visualizar no amor unicamente uma porção do "divino" em nós... Daí vêm uma indicação e um possível melhor caminho a ser trilhado: pensar no amor sob a perspectiva humana, isenta, na medida do possível, de preceitos de natureza teológica – o que será mais bem esclarecido logo adiante, no momento em que enfrentarmos a questão conceitual e realizarmos aquilo que tecnicamente se denomina "corte epistemológico" (delimitação de um objeto para fins de estudo).

Do ponto de vista conceitual e analítico[8], o problema é proposto a partir da concepção de que a palavra "amor" seria unívoca, isto é, dotada de um só sentido. No entanto, não é, de modo que indicar os possíveis sentidos da palavra demanda um pouco de trabalho. Percebe-se, a esse respeito, que a

---

8 Não percamos de vista que o nosso tema, o Amor, assim como qualquer outro, pode ser abordado pelas perspectivas puramente analítico-conceitual, histórica, filosófica, artística e científica. É possível, ainda, mesclar duas ou mais perspectivas, sendo que a perspectiva artística necessariamente abrirá mais facilmente conexões com as demais. Neste livro, procuramos essa mescla, embora haja um capítulo específico sobre a questão conceitual e outro acerca das visões do amor extraídas de exemplares da arte literária e musical. Não nos descuidamos, entretanto, de traçar algumas balizas históricas e, especialmente, de recorrermos a teorias e conceitos próprios da Filosofia. Passamos, porém, praticamente ao largo da perspectiva científica, representada especialmente pela Psicologia, da qual utilizamos apenas algumas citações de profissionais que se debruçaram sobre o tema. Justifiquemos: (1) desde o início, procuramos ressaltar o caráter incognoscível do amor que, dessa maneira, se mostra muito mais afeito à arte que aos estudos científicos e (2) a ciência sempre exigirá estudos mais específicos e detalhados que o pretendido neste trabalho, que se constitui como mero esboço acerca do tema.

utilização genérica do conceito comporta situações que apontam para gradações que vão da mera inclinação, passando por ternura, afeto, amizade e predileção, até a adoração e a veneração. Há também – e acerca desse ponto devemos manter a máxima cautela – a utilização comum do termo "amor" como sinônimo de sexo ("fazer amor")[9], que reduz a questão amorosa à superficialidade da carne.

Se definir amor de modo preciso já está fora de nossos propósitos, dada a impossibilidade de fazê-lo de forma satisfatória, tentar estabelecer uma sinonímia entre ele e qualquer outro conceito também está, até porque, via de regra, essas sinonímias tidas como perfeitas reduzem o objeto do conhecimento, mutilando-o e retirando-lhe a essência, ou, ainda, o banalizam de forma destruidora. Certamente, os conceitos de "sexo" e "família" são utilizados de forma bastante habitual como sinônimos de amor, o que, alertemos desde já, foge às nossas concepções. "Amor", "sexo" e "família" não são, todavia, conceitos que se excluem, isto é, eles podem perfeitamente coexistir, não se tratando, porém, de coexistência necessária.

---

9 Não se está afirmando, por outro lado, a total desvinculação entre os conceitos de "amor" e "sexo/ato sexual", até porque este não deve ser concebido como a síntese da perversão humana. Talvez resida justamente aí a visão percuciente de Sade (1740-1814), que conseguiu correlacionar o sexo com o sentimento (por vezes amoroso), revelando não apenas nossa natureza animal como também nossa natureza cruel. De qualquer forma, concordamos com o pensamento de Stendhal (2011, p. 12) de que "o prazer físico, encontrando-se na natureza, é conhecido por todo mundo, mas tem apenas um papel secundário aos olhos das almas ternas e apaixonadas".

Abbagnano, em seu magnífico Dicionário de Filosofia (2007, p. 38), salienta que esse caráter plurívoco do termo "amor" se dá tanto na linguagem comum como na tradição filosófica, sendo que, na linguagem comum, podemos apontar ao menos sete sentidos usuais:

1. relação seletiva e eletiva entre os sexos;
2. relações interpessoais (como ocorre na relação entre amigos, entre pais e filhos, entre cônjuges, etc.);
3. amor por coisas ou objetos inanimados;
4. amor por objetos ideais, como a Justiça e o Bem;
5. amor às atividades ou formas de vida;
6. amor à comunidade ou aos entes coletivos, como o amor à pátria;
7. amor ao próximo e a Deus.

Stendhal (2011, p. 11) fala-nos em quatro espécies de amor: o amor-paixão (cujo exemplo que menciona é como Heloísa amara Abelardo), o amor-gosto, o amor físico e o amor de vaidade.

No tocante à linguagem filosófica, o termo terá o sentido em conformidade com seu emprego e colocação dentro do sistema filosófico no qual ele está inserido, de modo que podemos falar em um sentido próprio da palavra "amor" para cada filósofo ou para cada sistema filosófico desenvolvido – o que, por consequência, nos impede de delinear, no corpo deste breve trabalho, os sentidos alcançados pelo vocábulo no âmbito da Filosofia geral. No âmbito da Psicologia, é interessante a colocação feita por Gabriel Rolón (2013, p. 34-35) no sentido de ser o amor um sentimento, sendo o sentimento nada mais que "uma ideia, um pensamento, que carece de palavras".

À margem da gradação e dos usos na linguagem comum, também não se pode perder de vista a diferença qualitativa de tudo aquilo que denominamos amor, sendo essa diferença apontada de forma eficaz pelos vocábulos gregos utilizados para designar os três tipos principais de amor: "eros", "philía" e "agápe". Expliquemos, sucintamente, essas diferentes formas de amor.

O "eros" corresponde ao "amor-paixão", o amor que sentimos quando estamos apaixonados no mais forte sentido do termo. No sentido mais antigo entre os gregos, o "eros representava a força abstrata do desejo" (Brunel, 2000, p. 319), não se podendo esquecer que o deus Eros, conforme veremos mais adiante, era uma das entidades primordiais preexistentes à formação do universo. O mais belo e importante texto já escrito sobre "eros" é o diálogo platônico *O Banquete*, motivo pelo qual dedicaremos a ele um capítulo específico. Fromm (1976, p. 79) o define como

> *o anseio de fusão completa, de união com uma outra pessoa. É, por sua própria natureza, exclusiva e não universal; é também, talvez, a mais enganosa forma de amor que existe.*

Ferry (2013, p. 67) o define, em paráfrase, como "o amor que pega e consome", estando associado à conquista e ao gozo, tendo como particularidade o fato de se nutrir mais da ausência que da presença, nos moldes da lógica do desejo indicada por Lucrécio (em *De Rerum Natura*), e da contradição inerente à libido, conforme nos indica Pascal, segundo a qual

> *o desejo se apaga tão logo satisfeito e não renasce senão depois de um período consagrado a outras preocupações e marcado pela ausência do objeto de desejo.*

A "philía" corresponde, de modo aproximado (uma vez que as traduções dificilmente correspondem ao sentido próprio empregado na língua original) à amizade ou ao "amor fraterno"[10], visto por Fromm (1976, p. 72) como "a mais fundamental espécie de amor, que alicerça todos os tipos de amor", sendo caracterizado, segundo o mesmo autor, pela falta de exclusividade. É a ela, e não ao "eros", a que se refere Aristóteles (384-322 a.C.) no Livro IX de sua Ética a Nicômaco. A "philía", segundo esse pensador, constitui-se em um vínculo entre indivíduos para a felicidade deles, para o pleno "florescimento" deles. Se Platão, o mestre, ao tratar do amor, fala em "eros" e o concebe como uma forma de perceber além dos indivíduos e além da matéria para se chegar à contemplação de uma realidade atemporal e de beleza absoluta, Aristóteles, o discípulo, "recupera o amor para este mundo: para a natureza, o tempo e o caráter humano" (May, 2012, p. 81). Bastante percuciente a definição de "philía" dada por Ferry (2013, p. 68):

> philia *é a alegria ligada à simples existência do outro. É a alegria sem razão, por assim dizer, de todo modo sem outra razão além da existência, da presença do ser amado. É, pois, uma forma de amor gratuito, dado que é isento de qualquer cálculo. Trata-se de um amor que, ao contrário de eros, regozija-se essencialmente com a presença: é a presença do outro enquanto tal que nos faz feliz.*

O "agápe", por fim, "o amor puro", segundo Schopenhauer (2005, p. 477), corresponde ao amor pregado pelo Cristianismo, um amor sem limites ou universal, baseado em determinados

---

10 Em certas passagens de algumas traduções da obra *Ética a Nicômaco*, mais especificamente de seu livro IX, utiliza-se a expressão "amizade amorosa".

princípios. Por isso, como bem adverte Comte-Sponville (2001, p. 13 e 93), a palavra "agápe" não será encontrada em Platão, Aristóteles ou Epicuro ou em grego algum do período clássico, tratando-se, assim, de um vocábulo próprio da Antiguidade tardia. É também denominado "amor de caridade", sendo essa denominação decorrente da tradução feita pelos romanos que traduziam "agápe" por "caritas" – para muitos, mais um exemplo de infeliz tradução (Ferry, 2013, p. 68). É este o amor a que nos referimos quando falamos das três virtudes teologais da tradição cristã – a fé, a esperança e o amor (na história da religião, comumente a terceira virtude é denominada "caridade" pelo Catolicismo e "amor" pelo Protestantismo). Essa espécie de amor "faz a ligação entre homem e Deus do mesmo modo que a cobiça liga o homem ao mundo" (Arendt, p. 33), sendo caracterizado pela "ausência de medo, enquanto que a realização da cobiça está precisamente ligada ao medo contínuo" (op. cit., p. 39). É justamente essa espécie de amor que encontramos descrita na primeira carta do apóstolo Paulo aos cristãos em Corinto, capítulo 13, versículos 4 a 8:

> *O amor é paciente e benigno. O amor não é ciumento, não se vangloria, não é vaidoso, não se comporta indecentemente, não procura os próprios interesses, não fica encolerizado. Não leva em conta o dano. Não se alegra com a injustiça, mas alegra-se com a verdade. Suporta todas as coisas, persevera em todas as coisas. O amor nunca falha.*

É perceptível a diferença qualitativa entre "eros" e "agápe"[11]. E não olvidemos, por fim, que o "agápe" dentro da tradição

11 É interessante a letra da canção popular brasileira "Monte Castelo", do grupo Legião Urbana, na qual são intercalados versos da citada carta de Paulo

cristã, vai mais longe do que se imagina, chegando ao ponto de gerar o mandamento de amarmos nossos próprios inimigos – por mais complexa e polissêmica que seja essa ordem.

Partindo da distinção conceitual realizada pelo emprego das palavras gregas vertidas para amor, apontamos que o objeto deste livro será o amor correspondente à palavra grega "eros", o amor-paixão, pelo que poderíamos utilizar, como indicação de nosso objeto de investigação, as mesmas palavras encontradas na introdução da obra *O Livro do Amor*, de Regina Navarro Lins (2013, p. 11), obra essa que citaremos algumas vezes e cuja leitura faz-se vital para o entendimento de relevantes aspectos históricos sobre o amor. É afirmado no primeiro parágrafo da citada introdução:

> *Este livro não trata do amor pelos filhos, pelos pais, pela arte, pelos animais de estimação. Nem trata do amor a Deus ou à humanidade. Trata do amor que pode existir entre um homem e uma mulher, ou entre dois homens ou entre duas mulheres. Refere-se a qualquer forma de relação entre seres humanos que tem a ver com as expressões "apaixonar-se" ou "estar enamorado de".*

Não percamos de vista, entretanto, que mesmo a palavra grega "eros" é polissêmica. Se, de início, denota um desejo apaixonado e intenso por alguém ou algo, é também o nome do

---

aos cristãos em Corinto e de um soneto de Camões ("Amor é o fogo que arde sem se ver"). Embora de bons efeitos sonoros, não pode passar despercebido que são duas espécies de amor – o "éros" e o "agápe" – retratadas na canção, motivo pelo qual parece não haver, ao menos em princípio, uma total sintonia entre o que se descreve em uma estrofe e o descrito na estrofe seguinte.

filho de Afrodite, a deusa do amor e da beleza. Conforme ainda adverte Victor Sales Pinheiro na introdução que escrevera para a tradução d'O *Banquete* (2011, p. 43),

> *posteriormente, com a secularização do vocabulário religioso, do princípio natural do amor, que age sobre o homem e todas as coisas. Como os gregos não grafavam em maiúsculas as primeiras letras dos nomes próprios, apenas o contexto indica se o texto refere-se à divindade, à força natural ou ao sentimento humano.*

Esse caráter plurívoco do vocábulo "eros" é explorado por Platão na composição estrutural do diálogo.

Delimitado o objeto desta obra, observemos que, embora tenhamos indicado características e espécies do gênero "amor", não houve uma definição precisa. Visualizamos, em verdade, uma impossibilidade de se alcançar um conceito absoluto ou preciso de amor (assim como se dá com relação à verdade e à justiça), de modo que, para falarmos sobre ele, precisamos delimitar um campo contínuo no qual definimos pontos de referência, ou, em outras palavras, aproximações satisfatórias, realizadas especialmente com a ajuda de outros conceitos e de narrativas concretas, sejam estas míticas, literárias, jornalísticas, etc. Nas palavras de Virgílio, citado por Voltaire (2003, p. 24) "cumpre recorrer à imagem. O amor é a estopa da natureza bordada pela imaginação". De qualquer forma, vale ressaltar que a utilização de mitos, metáforas, histórias, etc. nada mais é que um exprimir-se por meio de imagens, na busca de uma aproximação daquilo que se pretende explicar, e não se consegue pela via meramente conceitual. A validade de tais recursos, ademais, faz-se patente na medida em que pensamos também por meio de imagens.

> *Trata-se, portanto, de vários níveis de conhecimento, que, uma vez imbricados, atenuam as limitações cognitivas do homem. O maior dos discípulos de Platão, Aristóteles, parece ter se apercebido disso, de modo a afirmar que "o amante dos mitos é um amante da sabedoria" (982, b, 19). (Santos, 2011)*

Não por outra razão, teceremos, a seguir, algumas considerações sobre o amor dentro da perspectiva mitológica.

Ao amor

Invoco o grande, o puro, o terno e grandioso Amor,
O deus alado, arquiteto ágil, vivo e ardente
Que brinca com os deuses e com os mortais,
Deus múltiplo e astuto, detentor
das chaves deste mundo,
Do céu etéreo, do mar, da terra, de todos os sopros
Nutrientes com que a deusa verdejante cumula os homens
E das chaves do vasto Tártaro e do Oceano ruidoso.
Pois só tu tens nas mãos o
timão de todas as coisas.
Ó bem-aventurado, insufla nos mistas
santos arrebatamentos
E afasta para bem longe deles os desejos aberrantes.

(Canto órfico dedicado a Eros, apud Lacarrière, 2003, p. 260-261) – grifos nossos.

Fonte: Wikimedia Commons

UM POUCO DE MITOLOGIA

Tecidas considerações, ainda que breves, sobre a questão conceitual – por meio das quais delimitamos o tema em meio à dispersão inicial –, o tema a que nos propomos enfrentar (amor – "eros") poderá ser tratado com um mínimo de precisão e clareza. Esse enfrentamento pode iniciar-se pela simbologia construída em torno dele, até porque quanto mais abstrato for o tema, de maior valia será a análise de tal simbologia. Eis o que ocorre com as tentativas de se discorrer sobre temas como "justiça", "verdade" e também "amor". A mitologia (conjunto de mitos, lendas e fábulas pensados, desenvolvidos e vividos por um povo) integra o rol das explicações simbólicas, sendo a mitologia greco-romana de natureza privilegiada, não apenas por haver sobrevivido a séculos, mas por conter em seu bojo lições e "verdades" que não conseguimos refutar de forma minimamente convincente. Daí a conveniência de a ela nos referirmos. Trata-se, ademais, de uma forma de fugirmos do universo judaico-cristão, ao qual estamos acorrentados – o que muitas vezes nos impede de visualizar que há diversos deuses e deusas habitando o mundo dos mitos e das crenças e, consequentemente, nos leva a construções bastante simplistas de nossa realidade complexa.

O mito, ademais, não pode ser concebido como sinônimo de irrealidade ou mera ilusão, conforme bem adverte Rougemont (2003, p. 28). De modo geral, e continuamos a parafrasear os ensinamentos de Rougemont, o mito é uma história, uma fábula simbólica, simples e tocante, que sintetiza um número considerável de situações análogas. Ele permite identificar determinados tipos de relações constantes, que se destacam do emaranhado das aparências cotidianas. Os mitos têm, ainda, origem no elemento sagrado, em torno do qual se constitui o grupo em que eles são formados, traduzindo, desse modo, regras de conduta desse grupo. Como outra característica, podemos dizer que os mitos não possuem um autor, conquanto possam ser apropriados pelos autores, apresentando-se como expressão inteiramente anônima de realidades coletivas e comuns. Todavia, certamente "o caráter mais profundo do mito é o poder que exerce sobre nós, geralmente à nossa revelia" (op.cit., p. 29).

Os gregos, com sua peculiar característica contemplativa e sua ímpar capacidade inventiva, povoaram o céu, a terra, o mundo subterrâneo e os mares com divindades de toda a ordem – e não nos esqueçamos que uma eficiente forma de conhecer um povo ou uma civilização é verificar o modo como sua população explica o mundo por meio de seus deuses. O gosto pela ordenação, porém, levou os gregos a não apenas conceber diversas divindades, como também instaurar uma precisa organização, com a devida hierarquia delas – forças primordiais, deuses, semideuses e heróis. Além de superar o tempo, não caindo no ostracismo, a mitologia grega alimentou de forma prodigiosa as artes (e também as ciências) ao longo dos séculos, podendo-se, assim, afirmar que a cultura ocidental lhe é devedora em larga escala. O espírito contemplativo inicialmente mencionado conduz ao questionamento acerca da origem do mundo e dos seres. Para responder a esse questionamento, partiram da concepção segundo a qual "do não-existente nada pode nascer e nada pode desaparecer no nada absoluto", conforme palavras de Empédocles de Agrigento[12]. Da mesma forma, um deus criador único, à maneira das grandes religiões monoteístas que hoje conhecemos, não seria uma explicação plausível, pois certamente, se ele existisse, não poderia ter deixado escapar uma variedade tão imensa e até contraditória de fenômenos, sem que ele próprio perdesse sua unidade criadora essencial. Daí a colocação do Caos, que será explicado adiante, como a primeira das forças primordiais – razão pela qual a palavra não pode ser concebida simplesmente como a desordem e a confusão, conforme sugestão simplista da forma como ela é empregada em nossos dias. Antes, o Caos é a possibilidade de tudo, até porque a ordenação desse "tudo" não é providenciada por uma força externa, mas por forças internas e latentes.

Nunca é demais lembrar que a mitologia encerra o cerne da sabedoria antiga, uma profunda sabedoria desenvolvida pela Filosofia por meio de conceitos. Em outras palavras, nada mais faz a mitologia que traduzir por meio de ima-

---

12 Filósofo pré-socrático que viveu entre 490 e 430 a.C. É conhecido por ser o criador da teoria cosmogênica dos quatro elementos (fogo, ar, água e terra), desenvolvendo a tese de que os poderes do "Amor" e da "Discórdia" atuam como forças que ora unificam, ora separam esses elementos.

gens aquilo que a Filosofia exprime por meio de raciocínios conceituais. No tocante à finalidade, constitui-se a mitologia como um conjunto de narrações efetuadas com o intuito de responder questões vitais para a vida, dentre elas, cinco questões apontadas por Ferry (2009, p. 33-37):

1. Qual a origem do mundo, dos homens e disso que denominamos "cosmos"?
2. Como os homens se encaixam nesse universo dos deuses?
3. Como explicar a *hybris*? (a desmedida, o descomedimento de vidas que se desenvolvem em meio à hostilidade à ordem cósmica e, ao mesmo tempo, divina)
4. Como situar aqueles seres fora do comum – os heróis e os semideuses que povoam a mitologia?
5. Como explicar que o "cosmos" (mundo harmonioso e belo), estabelecido e guardado por deuses olímpicos, permite que o mal se abata sobre os bons e sobre os maus, de forma quase indistinta?

Não podemos determinar se essas questões foram mais bem respondidas pela Filosofia (e seus conceitos abstratos) ou pela mitologia (e suas imagens), mas podemos afirmar a maior eficácia desta em fornecer *insights* (capacidade para perceber e entender "verdades" ocultas) e instrumentos para compreensão.

Pois bem, retomando nosso tema, é comum e recorrente ligarmos a questão amorosa de forma quase imediata à deusa Afrodite (Vênus, para os romanos) – deusa não apenas do amor, como também da beleza. É necessário, porém, retrocedermos um pouco mais na cronologia mitológica, posto que Afrodite é um dos deuses olímpicos, tratando-se, assim, de uma deusa de geração posterior.

É em Hesíodo, mais especificamente em sua obra *Teogonia*[13] – *a Genealogia dos Deuses*, poema mitológico do século VII a.C., com 1.022 versos, que vamos encontrar a descrição da origem do mundo a partir da sucessão dos deuses. É, pois, com Hesíodo que a compreensão do "divino", concebido como fundamento de toda a realidade, adquire organização e coerência, ocupando o amor lugar privilegiado como fator responsável pela unificação das forças divinas que regem os destinos dos homens e do universo. De modo resumido, narra o poeta que emerge do nada uma estranha divindade, denominada Caos – o vazio primitivo, a massa bruta e carente de forma e estrutura. De um abismo existente no Caos, surge a deusa Gaia, a terra, o chão firme, mãe por excelência, matriz original para todo o futuro. Caos e Gaia conviviam com Tártaro, a escuridão, e Eros, o amor. Caos, Gaia, Eros e Tártaro constituem-se, assim, as entidades primordiais, a primeira geração, das quais tudo decorre. Na segunda geração, temos os Titãs, gigantes dos quais se destacam Cronos (o tempo), Oceano, Temis (a justiça), Mnemósine (a memória) e vários monstros míticos. Na terceira geração, Cronos assume o poder e, inadvertidamente, dá origem a Afrodite (amor sensual). Conforme bem adverte Ferry (2009, p. 44), não se deve de forma alguma confundir o Eros entidade primordial,

---

13 Na Teogonia, Hesíodo descreve a si próprio como um pastor que, em certo dia, enquanto cuidava de seu rebanho, ao pé do Monte Helicão, teria ouvido o belo canto das Musas, por meio do qual teria compreendido a origem dos deuses, passando, então, a narrá-la. Passou a ser possível, dessa maneira, conhecer a genealogia dos deuses e conceber o divino não como entidades isoladas e acontecimentos episódicos, mas um todo coeso e uniforme.

que não pode ser visto nem identificado como um ser particular, com o pequeno deus que mais tarde vai aparecer, usando o mesmo nome – aquele que os romanos vão chamar Cupido. Esse "segundo" Eros, se assim o podemos tratar, em geral representado por uma criança rechonchuda, munida de asinhas e de um arco, disparando flechadas que provocam a paixão, é um outro deus, independente desse Eros primordial, princípio ainda abstrato que tem como principal missão fazer com que todas as divindades futuras passem das trevas para a luz.

Tornando ao período olímpico, certamente o mais conhecido entre nós, é interessante mencionar o nascimento de Afrodite, ressaltando-se não haver acordo entre os poetas a respeito. Essa divergência entre poetas e narradores não deve nos surpreender,

> *pois devemos manter na consciência que a "mitologia" de forma alguma vem de determinado autor. Não há uma narrativa única, um texto canônico ou sagrado, comparável à Bíblia ou ao Corão (...). Pelo contrário, temos uma pluralidade de histórias que narradores, filósofos, poetas e mitógrafos (é como se chamam os que juntaram e redigiram, desde a Antiguidade, compilações de contos míticos) escreveram ao longo de 12 séculos (do VIII a.C. ao V d.C., grosso modo) – para não falar das múltiplas tradições orais das quais, por definição mesmo, sabemos pouquíssimo.* (Ferry, 2009, p. 21)

São duas as principais narrativas do nascimento de Afrodite: na primeira delas, Afrodite teria sido gerada na espuma do mar, aquecida pelo sangue de Urano; na segunda, teria sido gerada por Zeus (Júpiter, para os romanos) e Dionéia (filha de Netuno). A primeira é, certamente, a mais divulgada, até por ter sido retratada por diversos artistas, sendo o mais conhecido exemplo a obra "O nascimento de Vênus", de Sandro Botticelli. Nela, a geração da deusa do amor foi uma consequência do conflito entre os deuses, mais especificamente entre os primeiros deuses, os Titãs, e os filhos olímpicos. Urano, o céu, não nutre bons sentimentos por seus filhos, pois neles reconhece a possibilidade de ser destronado, bem como de que algum deles lhe tire Gaia, sua mãe e amante ao mesmo tempo. Por essa razão, Urano cobre Gaia de forma a impedir que os filhos nela gerados viessem à luz, permanecendo, desse modo, aprisionados no ventre materno. Isso até o momento em que a situação atinge um grau em que a própria Gaia encoraja os filhos a se voltarem contra o pai. O deus que ouvirá o pedido da mãe Gaia é Cronos, o caçula, a quem ela entrega um instrumento cortante, um podão, com o qual Cronos cortará o sexo de Urano. A partir do sangue de Urano, espalhado pela terra e pelo mar, nascerão três divindades: as divindades do ódio, da vingança e da discórdia (as chamadas "Erínias", em grego, e "Fúrias", em latim, cujos nomes são Aleto, Tisífone e Megera – divindades que trazem em si a marca da violência que as gerou). Além dessas três, também Afrodite é gerada – deusa da beleza e da paixão amorosa, a única gerada nas águas. Não nos esqueçamos que o membro seccionado de Urano perdeu-se no mar, flutuou na água e boiou em meio à espuma branca das ondas (espuma em grego é "afros"). É da junção da espuma com o sangue de Urano que nasce Afrodite. Zéfiro, o vento, a levou sobre as ondas até a ilha de Chipre, onde foi acolhida e cuidada pelas Estações, que, posteriormente, a levaram até a assembleia dos deuses, ocasião em que todos ficaram encantados com sua beleza (todos os deuses a queriam em casamento). Zeus, porém, entregou-a a Hefesto (Vulcano para os romanos), o menos favorecido entre os deuses (o deus disforme e manco), em gratidão pelos serviços por ele prestados – Hefesto forjou os raios utilizados por Zeus para derrotar os Titãs e tornar-se o soberano do Olimpo. Embora esposa de Hefesto, Afrodite manteve diversos relacionamentos extraconjugais, sendo os mantidos com Ares (Marte, para os romanos) e com Adônis os mais conhecidos. É por isso que se afirma que Afrodite é tudo isso:

> *a sedução e a mentira, o charme e a vaidade, o amor e o ciúme que dele nasce, a ternura, mas também as crises de raiva e de ódio geradas pelas paixões contrariadas.* (Ferry, 2009, p. 55)

A proximidade entre "Eros" e "Eris" não se resume, pois, em uma única letra na grafia.

Assim, sem querer antecipar demais o que será exposto mais adiante acerca da natureza do amor, parece ser nítido o quanto o mito sobre o nascimento de Afrodite/Vênus exprime (e também nos alerta) sobre o que define o amor e suas consequências, fazendo-o de uma forma bem mais contundente (e, portanto, eficaz) que as teorizações de um modo geral – a teorização feita por Platão foge a essa regra pelas razões que exporemos a seguir. O envolvimento oficial de Afrodite com o mais desfavorecido (o mais feio) dos deuses e, concomitantemente, seu envolvimento adúltero com Ares, o deus da guerra, parecem já indicar bem as consequências problemáticas disso que chamamos amor.

No período helênico da cultura grega, Eros é alçado à categoria de princípio universal por filósofos e poetas, os quais nele reconhecem fator de interferências diretas na constituição e no curso do universo. Safo (século VI a.C.), poetisa da ilha de Lesbos, identificava esse amor como uma força misteriosa e potente, "que dissolve os membros... doce e amargo, monstro invencível"; Aristófanes (século V a.C.), autor de peças de comédia, o descreve como dotado de "brilhantes asas de ouro, parecidas aos rápidos torvelinhos de vento"; Alceu, poeta do século VII a.C., aponta Eros como o mais temível dos deuses; e Eurípides, o último dos grandes autores de tragédia grega do século V a.C., aponta para o caráter ambíguo do amor, ora atuando como força arruinadora, ora, quando moderado, como poder saudável que conduz à virtude. Não desconsideremos, ainda, as tradições religiosas do século VI a.C. que viam o amor como um dos princípios originados no "ovo primordial", do qual surgiram todas as demais coisas.

É no posterior período alexandrino que o amor passa a ser mais amplamente reconhecido como aquele menino travesso, cuja principal atividade consistia em ferir humanos com suas flechas, levando-os a se apaixonarem[14]. Esse menino, também chamado de Eros (e tornamos a dizer que não deve ser confundido com o Eros enquanto uma das forças primordiais) ou Cupido, não por acaso, é filho de Afrodite. De qualquer forma, retratar o amor como um menino travesso, longe de qualquer coincidência, indica a irracionalidade e a inconstância do sentimento amoroso e, ao mesmo tempo, leva à perda da dimensão cósmica de Eros para transformá-lo em algo mais presente e perceptível entre os mortais.

---

14 Segundo Lacarrière (2003, p. 259), pensar Eros como "um bebê rechonchudo, dotado de asas, arcar, aljava, que atravessa com flechas os infelizes com quem ele cruza no caminho" constitui "uma imagem convencional, edulcorada, que mostra o lento desgaste desse mito. Em sua melhor forma, Eros é um adolescente alado, que é frequentemente mostrado nos vasos, voando sobre o fundo negro do céu, alheio à força da gravidade. Se Eros está sempre nos ares, é porque tem o poder de aliviar o homem daquilo que é pesado, de aliviar o coração do *amant* e do ser amado".

Eros e Psiqué, de Antonio Canova, Museu do Louvre, Paris.
Fonte: Wikimedia Commons

Alguns pontos da história do Cupido, entretanto, também nos ajudam a tentar compreender o sentimento amoroso, sendo o principal deles a forma como Eros se apaixona por Psiqué (alma). E tudo começa justamente pelo desejo de vingança nutrido por Afrodite, cujo templo era pouco frequentado, enquanto peregrinos afluíam dos mais diversos lugares para venerarem Psiqué, uma bela e simples mortal. Menosprezada pelos homens, Afrodite ordena a seu filho que, mediante o uso das flechas, faça com que a jovem se apaixone pelo mais desprezível dos homens. Eros parte em sua missão, mas, ao deparar-se com Psiqué, se apaixona como se tivesse sido traspassado por uma de suas próprias flechas. Em suma, o pequeno deus do amor feriu-se do sentimento amoroso. Decide, porém, não revelar seu segredo à sua mãe, a quem mente, convencendo-a de que não mais precisava preocupar-se com a mortal. Ao mesmo tempo, passou a proteger Psiqué, por quem os homens continuavam a manter admiração, sem que por ela se apaixonassem. Inatingível aos possíveis amores terrenos, Psiqué passa a gozar da mais triste solidão, o que causa preocupação aos pais da jovem, que gostariam de vê-la bem casada, assim como se dera com as outras filhas, o que os motiva a procurarem ajuda do oráculo de Delfos. Ocorre, porém, que, de forma antecipada, Eros já havia solicitado auxílio de Apolo (deus da beleza, da harmonia e da música) de modo que, estando os deuses em conluio, o oráculo indicou aos pais de Psiqué que a vestissem em trajes nupciais e a deixassem em uma colina, onde uma poderosa serpente alada a tomaria como esposa. Sem vislumbrar a hipótese de desobedecerem ao oráculo, os pais de Psiqué seguem à risca o que foi profetizado. Deixada na colina, Psiqué foi arrebatada para uma planície, na qual havia um palácio, onde fora convidada a entrar, jantar e ali permanecer, pressentindo que, com o cair da noite, seu esposo chegaria – o que realmente ocorre. Psiqué não pode, entretanto, ver-lhe o rosto, mas já não se sente amedrontada em vista das palavras a ela dirigidas e das carícias a ela dispensadas. Os familiares da jovem, porém, não conhecedores do destino dela, pranteavam dia e noite, de modo que Eros consentiu que as irmãs de Psiqué a visitassem. Às alegrias iniciais do reencontro entre as irmãs, sucederam-se as desconfianças com relação ao esposo de Psiqué, e, às desconfianças, sucedeu-se o sentimento de inveja. De modo ardiloso, as irmãs de Psiqué resolveram, então, plantar na mente dela a desconfiança, afinal de contas, por mais feliz que ela parecesse estar, não era apta sequer a descrever seu esposo. Desse modo, como poderiam asseverar não ser ele o terrível monstro mencionado pelo oráculo de Apolo? Mais que isso: se não era um monstro, por que se ocultava nas trevas da noite? Minada pela dúvida, Psiqué cede ao conselho das irmãs e arma-se de uma lamparina e uma faca afiada. Com a primeira, veria o rosto do esposo e, em seguida, se necessário fosse (caso fosse ele o monstro profetizado em Delfos), o mataria. Naquela noite, quando Eros adormece, Psiqué utiliza a lâmpada e visualiza o rosto do esposo, momento em que se deslumbra com tanta beleza e, ao mesmo tempo, constrange-se de arrependimento. Ocorre, porém, que acidentalmente derrama uma gota de óleo sobre o ombro de Eros, que desperta e, ciente do ocorrido, parte sem dialogar com Psiqué, apenas dirigindo a ela a expressão "o amor não pode viver sem a confiança". Abandonada e desesperada, a jovem começa a procurar pelo esposo, de templo em templo. Sem encontrá-lo, vê como último recurso perguntar por ele à sogra. Afrodite, duplamente enfurecida com a jovem, zomba dela e impõe-lhe humilhantes provas. No entanto, Psiqué cumpre todas as provas, não apenas por conta de seu esforço, mas por ser auxiliada pelas mais diversas circunstâncias. Na última delas, Afrodite exigiu que sua nora fosse até o Hades (o inferno) e solicitasse a Perséfone que colocasse em uma caixa um pouco da beleza dela, pois assim Afrodite poderia recuperar-se do tempo em que esteve zelando pela cura do filho (nesse período, Eros foi buscar a ajuda da mãe, que o acolheu para curar o ferimento causado pela gota de óleo, mantendo-o sob sua vigilância para que assim ela pudesse vingar-se de Psiqué). No retorno da prova, já com a caixa em mãos, no meio do caminho, Psiqué não resistiu e abriu a caixa, sendo tomada por um sono profundo, como se estivesse banhada pela "beleza da morte" – certamente Afrodite contava com os efeitos da curiosidade de Psiqué, além do desejo dela de nutrir-se também com um pouco de beleza com finalidade de, por fim, reencontrar o amado. Contudo, já recuperado, Eros estava justamente à procura de sua amada, encontrando-a adormecida. Após a acordar com uma de suas flechas, alerta a jovem sobre a sua curiosidade e a orienta a entregar a caixa a Afrodite como se nada tivesse acontecido. Para garantir que mais nada acontecesse à jovem, Eros dirigiu-se diretamente a Zeus, pedindo a jovem em casamento – o que lhe foi concedido. Para tanto, seria necessário que ela também fosse tornada imortal; Hermes, o mensageiro dos deuses, foi buscar a jovem, a quem se destinou uma porção de ambrosia. Tornada imortal, de pouca valia seria agora o sentimento de ciúmes de Afrodite, mas é da união de Eros e Psiqué que nasce a deusa Volúpia.

O mito de Psiqué não é, todavia, o único no qual deuses e humanos convivem e interagem a partir do sentimento amoroso, surgindo dessa interação fatos a serem narrados com finalidade pedagógica. Outra narrativa que se vale do mito em larga escala é a famosa guerra de Troia, que, muito antes de ser retratada como um dos tantos combates entre povos da antiguidade (gregos *versus* troianos), é iniciada a partir do conflito entre deuses, dentre eles, Afrodite. Tudo começa a partir de um casamento – a união do rei Peleu, um humano, com Tétis, deusa do mar. Os deuses do Olimpo foram convidados para a festa, exceto Eris, deusa da discórdia, que, para fazer jus ao próprio nome, resolveu vingar-se por haver sido deixada de fora das comemorações. Resolveu ela, então, apenas aparecer entre os convidados e lhes deixar uma maçã de ouro com a seguinte inscrição: "à mais bela". Conhecedora da natureza feminina, Eris tinha consciência do que se seguiria para fins de se ganhar a maçã de ouro (eis a origem da expressão "o pomo da discórdia"). Hera, Atena e Afrodite disputam a maçã deixada por Eris. Zeus poderia dar seu voto e acabar com a discórdia – na verdade, tentar acabar com ela, afinal teria que escolher entre sua esposa e irmã (Hera), sua filha (Atena) e sua meia-irmã (Afrodite).

Sua escolha certamente provocaria outros problemas, não se podendo estimar de que magnitude. Foi assim que o senhor do Olimpo escolheu o jovem Páris, filho de Príamo, rei de Troia, para que decidisse a questão. Para bem entendermos o que se passa, não nos esqueçamos jamais as características dos deuses gregos; assim, cada uma das deusas procurara pelo jovem troiano para fazer-lhe promessas na hipótese de ser ela a escolhida: Hera promete poder e riqueza, Atena promete glória e vitórias nas guerras, enquanto Afrodite promete simplesmente que a mais bela mulher do mundo seria dada a ele em casamento. Veja-se que o poder de atração superou a tentação quanto a tudo o mais (pode-se raciocinar que, com poder, riqueza, glória e vitórias nas guerras, se chegaria à conquista das mulheres), e Páris decide a questão em favor de Afrodite. Tudo seria mais simples, não fosse Helena a mais bela das mulheres, casada com Menelau, rei de Esparta, uma das cidades-estado da Grécia – e justamente a mais conhecida pelo seu poderio militar. Páris viaja a Esparta, sendo bem recebido pelo rei Menelau e pela esposa dele, a bela Helena. Hospedado na casa do rei, Páris convence Helena a fugir com ele para Troia[15], logrando êxito em seu intento,

---

15 Questiona-se a todo momento se Helena foi raptada por Páris ou, ao contrário, foi por ele convencida a fugir, aderindo à proposta feita pelo troiano. Essa discussão é relevante para se discorrer sobre a personalidade (os traços morais) de Helena que, muitas vezes, é comparada à Penélope de forma desfavorável e negativa, posto que esta, segundo os relatos, manteve-se fiel ao esposo, Odisseus (ou Ulisses), e criou estratégias para fugir dos pretendentes, mesmo sem saber se ele ainda vivia. De qualquer forma, é o rompimento de um laço que promove a famosa guerra.

o que vem a ser a causa da guerra de Troia. Menelau se vale, então, do auxílio de seus "irmãos", os demais chefes da Grécia, para destruir Troia, que se tornara cidade inimiga, e recuperar Helena. Todos os chefes atenderam o pedido, sendo Odisseus (Ulisses para os romanos) aquele que mais resistiu em prestar ajuda, justamente porque se encontrava casado há pouco tempo (menos de um ano) com Penélope. Durante dez anos, os gregos acamparam na planície defronte a Troia, sem obterem êxito na tomada da cidade rival. Foi então que resolveram aceitar o estratagema proposto por Ulisses: simularam abandono da planície, lá deixando um imenso cavalo de madeira. Os troianos pensaram ser um presente ("presente de grego") ou, talvez, uma oferta feita pelos gregos à deusa Atena, resolvendo, então, levar o cavalo para o interior da cidade. À noite, com a população troiana desprevenida e seus guerreiros dormentes, sobretudo em virtude do vinho consumido nos festejos do que pensavam ser uma vitória, do interior do cavalo saíram guerreiros gregos, que passaram a tomar a cidade de Troia, bem como abriram os portões para que os demais soldados gregos lá ingressassem. Troia foi tomada, incendiada, seus homens mortos, suas mulheres tomadas como escravas e, por fim, Helena devolvida a Menelau. Esse interessante relato da guerra de Troia tem como principal fonte os poemas épicos Ilíada e Odisseia, atribuídos ao poeta Homero. Na *Ilíada* (de Ilion, que significa Troia), vemos retratado o último ano da guerra, enquanto na *Odisseia* é narrada a viagem de retorno de Ulisses (Odisseus) a Ítaca, sua terra natal. Essa viagem de retorno demorou cerca de dez anos – portanto, Ulisses esteve cerca de 20 anos distante do lar –, sendo caracterizada por desafios pelos quais muito poucos conseguiriam vencer (tempestades, canto das sereias, encanto de feiticeiras, luta com os Ciclopes [gigantes imortais que tinham apenas um olho no meio da testa], a fúria de Poseidon [ou Netuno], rei dos mares, naufrágio, morte de todos os companheiros, etc.). No entanto, tudo isso tem uma razão: além da recuperação de Helena, uma glória para todo o povo grego que se uniu na guerra contra Troia, Ulisses é aguardado por sua esposa, Penélope, que, nesse longo período, não apenas cria sozinha o filho do casal, como, sobretudo, mantém-se fiel, resistindo bravamente aos assédios que sofria de diversos pretendentes – mesmo sem ter notícias se seu esposo ainda vivia. Dos diversos artifícios utilizados por Penélope, o mais conhecido foi a alegação de que, antes de escolher o novo esposo, precisava tecer uma tela para o dossel funerário de Laertes, o pai de Ulisses. Passava, assim, a tecer durante o dia, desfazendo quase todo o trabalho durante a noite. O tempo pelo qual os pretendentes esperavam por Penélope, pacientemente, foi o suficiente para que Ulisses se livrasse de todos os desafios e retornasse a seu lar. Fácil compreender, assim, por que Penélope é vista com a concepção da esposa ideal. No entanto, não nos descuidemos de nosso tema: foi uma festa de amor (uma festa de casamento) que deu origem à questão que culminou na guerra de Troia; foi a escolha da deusa do amor, Afrodite, como a mais bela das deusas que gerou a necessidade de atendimento a um pedido, e o consequente rompimento de um laço de amor[16] (entre

16 Pode-se questionar se a guerra de Troia foi provocada em nome de um amor ou, em vez disso, por mera vingança pela usurpação de uma propriedade – vale lembrar que a mulher era vista na Antiguidade como uma propriedade do homem. A primeira explicação, contudo, é a que

Menelau e Helena), que possibilitou o início da guerra; foi o inconformismo com o rompimento desse laço que possibilitou o desenvolvimento da guerra entre dois povos, com a destruição total de um deles; foi o amor que impeliu Ulisses a vencer toda e qualquer dificuldade e tentação para retornar ao lar; foi o amor que fez de Penélope o exemplo de esposa ideal. E tudo isso sob a assistência dos deuses, não se tratando de uma assistência passiva, uma vez que os deuses tomaram partido na guerra de Troia, até porque ela foi iniciada lá no Olimpo, por meio da promessa de uma deusa a um humano. Constatamos, desse modo, "eros", o amor, como pano de fundo e, ao mesmo tempo, causa de tudo o que se sucede.

Eros como uma das forças primordiais (justamente aquela destinada à função aglutinadora); a deusa do amor, Afrodite, que também é a deusa da beleza e mãe de Eros/Cupido; e Eros (Cupido) como originador das paixões humanas, responsável pela imortalidade da Alma e pai da Volúpia – eis o mínimo, em meio a tanta riqueza de detalhes e interpretações, que a mitologia pode nos fornecer como notas para entendimento acerca do tema que procuramos conhecer um pouco melhor.

Em notas conclusivas sobre essa questão – e também para reforçar a importância do mito –, parece haver um desacerto sobre a concepção puramente positivista, no sentido de que

---

atende ao nosso objetivo. Ademais, o relato poético da guerra, sobretudo por meio dos poemas de Homero, valoriza de tal maneira as relações entre os casais (Menelau e Helena, Helena e Páris, Ulisses e Penélope) que, independentemente dos objetivos deste livro, inclinamo-nos pela primeira hipótese: a mola motriz do combate entre gregos e troianos foi o amor.

os estágios da humanidade podem ser explicados por meio da "teoria dos três estados ou estágios", elaborada por Augusto Comte. Segundo essa teoria, a história da humanidade poderia ser dividida em três fases, tendo-se por critério a forma pela qual eram dadas explicações aos fenômenos que se observavam no mundo. A primeira fase era chamada mitológica ou religiosa; a segunda, metafísica e a terceira, positiva. Essas fases, ademais, representariam, segundo concepção positivista, um progresso nos modos explicativos dos fenômenos e da realidade.

O constante fracasso da ciência na tentativa de explicar o sentido do mundo e da vida indica-nos, contrariamente ao pensamento positivista, que, na verdade, nosso mundo contemporâneo vem se mostrando por demais superficial para compreender a profundidade e as nuances do mito (e das explicações mitológicas), que se mantém perene. O que é retratado no mito não é uma história de acontecimentos pontuados em um passado longínquo. Antes, retratam-se histórias de acontecimentos que são eternos, pois se repetem de forma cíclica. Nesse sentido, preferimos ver como grande acerto a concepção de estudiosos do mito, como Gustav Jung (1875-1961) e Joseph Campbell (1904-1987), que veem nos mitos não meras fantasias e contos irreais, mas estruturas psíquicas que descrevem os processos da alma humana, muitas vezes a partir de um atavismo surpreendente – explicações, concepções e esboços de soluções para os problemas existenciais cotidianos reaparecem não como herança de uma ascendência imediata, mas como herança de ascendência remota. E, nesse sentido, são os mitos verdades, não verdades meramente factuais, mas verdades de ordem espiritual, que revelam como nos concebemos como humanos e respondem aos nossos mais relevantes questionamentos: nossos medos, nossos anseios e nossos afetos.

Ao tomar consciência da perenidade do mito, o homem sente-se convidado a participar da grande eternidade mítica, libertando-se, dessa maneira, de sua aparente transitoriedade. Integrado em suas origens, ele deixa de apenas sobreviver para viver integralmente, sendo que a própria morte – uma das grandes questões e mistérios enfrentados pelo homem, assim como é a questão amorosa – passa a fazer sentido: fim de um ciclo e suprema reintegração às origens. Eis a reconciliação do homem com a natureza (não no sentido simplificado atribuído à palavra em nossos dias, quando se pensa nela como mero conjunto de fauna e flora, mas em seu sentido mais amplo, por meio do qual se aponta para a própria essência do ser) e com a vida (e também com a morte, até porque uma parece inviável sem a outra[17]). Em suma, aí reside a vitalidade do mito, que trata dos problemas essenciais da humanidade, de ontem, de hoje e de sempre: questões morais, sociais e existenciais – todas elas, sem exceção, permeadas pelo amor.

---

17 Leia-se, a respeito, a magnífica obra *As intermitências da morte*, de autoria de José Saramago (1922-2010), na qual se narra a fábula de um povoado que, por um período, experimenta a ausência da morte.

Por ser por meio da procriação que os mortais participam da eternidade e da imortalidade. Há pouco admitimos que o desejo da imortalidade está necessariamente ligado ao bem, visto dirigir-se o Amor para a posse perpétua do bem. A conclusão forçosa desse argumento é que ***o amor é o anseio de imortalidade.*** (Platão, O Banquete, *206,e--207,a*[16] *– grifo nosso)*

Fonte: Wikimedia Commons

16 Toda citação de texto grego depende de referência aos manuscritos, razão pela qual, para citar um texto grego, é preciso obedecer a uma rigorosa técnica de referências, de acordo com a edição adotada. Assim, após o nome do autor e do título da obra, seguem-se o número do livro ou tomo da obra (em algarismos romanos), o número da página do manuscrito, a letra da coluna (em letras minúsculas) e, em alguns casos, para maior precisão, o número da linha em que se encontra o texto grego. Esse critério será, na medida do possível, respeitado no decorrer do livro. A respeito, leia-se Watanabe (1995, p. 55-62).

A PRIMEIRA (E MAIS IMPORTANTE) TEORIZAÇÃO

CERTAMENTE, *O BANQUETE*, DE PLATÃO, É uma das mais conhecidas e influentes obras de toda a tradição filosófica e literária do Ocidente – as obras posteriores que tratam do amor são prova contundente disso[19]. O que

19 Xenofonte, também discípulo de Sócrates, escreveu uma obra denominada *Banquete* (por volta de 360 a.C.); Plotino, filósofo neoplatônico, escreveu um *Tratado Sobre o Amor* (em Enéadas, III, 5); Petrônio, no século I, escreveu *Satiricon*; Plutarco, no início do século II, escreveu *Erótikos*; Apuleio, também no século II, escreveu *Metamorfoses*. Já na Idade Moderna, em 1496, Ficino escreveu *Comentário sobre o Banquete de Platão, Sobre o Amor*; Judá Abravanel, conhecido como Leão Hebreu, escreveu *Diálogos de Amor*, em 1535. No período contemporâneo, L. Robin, importante platonista, escreveu, em 1908, *La Teórie Platonicienne de l'amour*; Thomas Mann escreveu, em 1912, *Morte em Veneza*; L. Strauss escreveu, em 1959, *On*

explica esse *status*, inicialmente, é a própria temática da obra, pois, como afirmamos no início deste livro, não há assunto que desperte maior interesse geral que os relacionamentos amorosos. Além da temática, a riqueza literária (própria dos diálogos platônicos), a densidade filosófica e mesmo a presença de Sócrates (personagem), bem como a acessibilidade que o diálogo oferece a qualquer leitor, são fatores que contribuem para a posição de destaque d'*O Banquete*.

Convém, porém, já no início dessa exposição, destacar o fato de que a acessibilidade referida tem dupla finalidade. Primeiro, permitir que todos nós tenhamos um contato com a obra (ainda que em níveis e graus bastante diferenciados entre si); e, em segundo lugar, "ocultar" muito do pensamento platônico, que é encontrado nas entrelinhas de seus escritos. Essa metodologia platônica consistente na exploração de "falsas e aparentes facilidades" foi o fator que, ao lado da exploração dos mais relevantes temas para o pensamento humano, gerou a necessidade de o pensamento platônico ser estudado ao longo de tantos séculos, com afinco, com árduo disputar de teses e de maneira incessante. Eis o surgimento do que podemos denominar "platonismo" – a mais tradicional escola da Filosofia: o platonismo está para a História da Filosofia como os estudos de piano estão para a História da Música.

Plato's Symposium; Roland Barthes escreveu *Fragmentos de um Discurso Amoroso* – tratando-se de obra que citamos de forma recorrente neste trabalho. Além disso, *O Banquete* também está por trás da concepção de obras como *Além do Princípio do Prazer*, de 1920 e *A Resistência da Psicanálise* (1925), ambas de Sigmund Freud. A lista é, contudo, bem mais ampla, de modo que nos ativemos aos escritos mais emblemáticos.

Entretanto, é necessário, antes, conhecer um pouco desse gênio chamado Platão para, posteriormente, tratar das questões preliminares próprias e necessárias para o entendimento de suas obras (questões estas de certa maneira cunhadas, expostas e explicadas pelo platonismo) para que, somente então, possamos fazer uma breve exposição da obra *O Banquete*.

PLATÃO – BREVES NOTAS BIOGRÁFICAS

Reputado por muitos o maior filósofo de todos os tempos (Watanabe, 1995, p. 27; Reale, 2007, p. 7; Jaeger, 1995, p. 581), Platão, cujo verdadeiro nome era Arístocles, nasceu em 427 ou 428 a.C., em Atenas. De ascendência aristocrática, descendia de Sólon, por parte de mãe, e do rei Codro, por parte de pai. Sua influência à época deveu-se não apenas ao seu pensamento, mas também ao contato direto que teve com a política. O primeiro contato provavelmente ocorreu em 404-403 a.C., ocasião em que dois de seus parentes, Cármides e Crítias, participaram do governo oligárquico dos Trinta Tiranos como personagens de destaque. Essa primeira experiência revelou-se decepcionante, atingindo seu ápice com a condenação de Sócrates, seu mestre, em 399 a.C. – fato determinante para a vida de Platão e também para diversas de suas concepções (notadamente as de cunho político, com destaque ao seu posicionamento desfavorável com relação ao regime democrático).

Após se afastar da militância política, foi para Megara com outros socráticos e posteriormente à península itálica, onde conheceu a comunidade dos pitagóricos, a qual se mostrou também crucial para o desenvolvimento de algumas de suas concepções. Posteriormente, foi convidado a ir à Sicília, a Siracusa, pelo tirano Dionísio I, com quem se desentendeu a ponto de ser necessário que fosse resgatado. Ao retornar a

Atenas, fundou sua famosa escola, que chamou de Academia (assim denominada por se situar ao lado do templo do herói mitológico Academo). Para ela, que se tornou importante centro de ensino, afluíram jovens e homens ilustres em número considerável. Segundo estudiosos como Trabattoni (2010, p. 13), tratava-se de uma espécie de instituto de estudo superior, dedicado às investigações em geral, mas também à preparação de homens políticos e legisladores. Permaneceu na direção da Academia por 40 anos, até sua morte em 347 a.C., quando então foi passada ao seu sobrinho, Espeusipo, por disposição testamentária. A importância da Academia pode ser pensada a partir do fato de que sua extinção só se deu em 529 d.C., por decreto do imperador Justiniano.

Uma das maneiras de se perceber a importância do pensamento platônico é não olvidar que, de modo surpreendente, sua obra chegou até nossos dias em sua integralidade – 42 diálogos, dos quais 28 são reconhecidos como autênticos (*Hípias Menor*, *Alcibíades*, *Apologia de Sócrates*, *Eutífron*, *Críton*, *Hípias Maior*, *Lísis*, *Cármides*, *Laques*, *Protágoras*, *Górgias*, *Menon*, *Fédon*, *O Banquete* ou *Simpósio*, *Fedro*, *Íon*, *Menexeno*, *Eutidemo*, *Crátilo*, *A República*, *Parmênides*, *Teeteto*, *O Sofista*, *O Político*, *Filebo*, *Timeu*, *Crítias* e *As Leis*); um contestado (*Epínomis*), seis suspeitos (*Segundo Alcibíades*, *Hiparco*, *Minos*, *Os Rivais*, *Teages* e *Clitofonte*) e sete apócrifos (*Do Justo*, *Da Virtude*, *Demódoco*, *Sísifo*, *Eríxias*, *Axíoco* e *Definições*). Além dos diálogos, há 13 cartas cujas autorias são atribuídas a Platão, embora nem todas sejam atestadas[20].

---

20 Segundo Trabattoni (2009, p. 14), das 13 cartas, apenas uma ou duas são autênticas, somente não recaindo dúvida sobre a autenticidade da Carta VII, considerada a mais longa e a mais interessante. Carlos Alberto Nunes,

A interpretação da obra de Platão, porém, reveste-se de uma falsa facilidade. O estilo literário, os temas agradáveis e úteis (amizade, justiça, amor, virtude, etc.), as situações concretas que permitem uma visualização – algo não muito comum na área da Filosofia, na qual a abstração, a complexidade e a sofisticação de exposição e argumentos são uma regra – transmitem uma ideia – falsa ideia – de fácil acesso à obra como um todo e de compreensão que não exige muito do leitor e do estudioso. Basta, contudo, lermos qualquer ensaio de um grande platonista[21] (estudioso da obra de Platão) para, imediatamente, recuarmos dessa concepção de facilidade. Os estudiosos de Platão nos auxiliam, desse modo, a desmascarar essa falsa facilidade, indicando os pontos sobre os quais devemos permanecer atentos durante a leitura de qualquer obra do grande filósofo. Denominamos esses pontos questões preliminares (e, portanto, necessárias) para interpretação da obra platônica. Passemos, assim, a examiná-los, de um modo sucinto, para, em seguida, podermos tratar

---

por sua vez, na introdução de sua tradução às Cartas (2007), afirma que "já passou em julgado o célebre processo da inautenticidade dessas cartas".

21 Entre os diversos autores que se debruçaram sobre o pensamento de Platão, merecem destaque (e citaremos nesta parte do escrito): Victor Goldschmidt (para muitos o maior platonista do século XX), Werner Jaeger, Franco Trabattoni, Christophe Rogue, Luc Brisson, Giovanni Reale, Lygia Araújo Watanabe e Hans Kelsen. Este, importante salientar, é muito mais conhecido pela sua Filosofia do Direito, sobretudo em virtude de sua obra *Teoria Pura do Direito*. Ocorre, porém, que ele também se dedicou ao estudo da Filosofia, tendo escrito uma obra inteiramente dedicada ao pensamento de Platão: *A Ilusão da Justiça*.

com mais propriedade o diálogo O *Banquete*, que versa sobre o nosso tema – "Eros" ou o "Amor".

A FORMA DIALÓGICA

A obra de todo grande filósofo deve ser analisada sob a perspectiva de determinados pressupostos que ele próprio tenha se colocado. No caso específico de Platão, certamente o primeiro e mais essencial pressuposto a ser pensado diz respeito à forma dialógica pela qual sua obra foi redigida. Essa forma certamente encontra-se vinculada aos hábitos das discussões filosóficas de Sócrates com seus discípulos, dentre eles Platão, podendo-se ainda falar na influência dos sofistas, os quais recorriam ao método de perguntas e respostas para a transmissão do conhecimento, bem como do teatro grego[22]. A respeito desta última influência, deve ser destacado que a parte introdutória dos diálogos apresenta circunstâncias, reais ou fictícias, nas quais a cena transcorrerá. Esse enquadramento inicial, longe de ser mero exercício de cenografia, aponta para questões fundamentais a serem observadas no curso e na interpretação dos próprios diálogos.

O que parece ser certo é que a opção de Platão pela forma dialógica, em detrimento da forma monológica de um tratado científico, favorece muito a apresentação das diversas perspectivas de um problema, além do que o diálogo seria uma escapatória à necessidade de identificar-se diretamente com quaisquer das teorias nele expostas, por mais bem fun-

---

22 A esse respeito, afirma Kelsen (1997, p. 92): "Platão é realmente um dramaturgo, exceto pelo fato de o efeito por ele desejado não ser estético, mas de natureza religiosa e moral".

damentadas que fossem. Não há dúvidas, porém, que o fato de o próprio Platão não figurar como personagem levanta-nos o problema consistente no reconhecimento da verdadeira opinião de Platão (ou mesmo estabelecer se, de fato, há uma opinião). Sequer é possível afirmar com exatidão que o condutor ou personagem principal do diálogo expressa o pensamento ou as teses defendidas por Platão, consoante bem adverte Trabattoni (2010, p. 18), o que pode levar à conclusão, conforme palavras do referido comentador, que:

> *Platão escreveu diálogos sem introduzir a si mesmo como personagem protagonista porque a função de sua obra era análoga àquela da poesia dramática, isto é, descrever como em um teatro o encontro e o confronto entre determinadas posições e não expor suas teses principais. (2009, p. 19)*

Ainda por conta da opção de Platão pela forma dialógica, levanta-se a questão acerca da natureza do diálogo platônico: literatura ou filosofia? Independentemente da resposta a ser fornecida, é possível afirmar que um texto, seja ele filosófico ou literário, nada mais é que um discurso sobre a realidade, discurso este que poderá ter contornos mais abstratos (como se dá com a maior parte dos textos da Filosofia) ou mais concretos (como se dá com os textos literários). Em ambas as hipóteses, porém, o resultado é o texto, uma estrutura discursiva cuja diferenciação de forma não significa uma diferenciação de matéria ou conteúdo. Em outras palavras, longe de querermos traçar os tênues limites entre o discurso filosófico e o literário, queremos apenas ressaltar dois pontos: (1) os diálogos de Platão são textos a serem apreciados tanto na Filosofia como na Literatura e (2) tais diálogos, ainda que apresentados de uma forma extremamente literária, têm como conteúdo questões muito próprias e comuns da Filosofia.

Os títulos dos diálogos, por sua vez, apontam geralmente para nomes próprios de personagens reais cuja existência histórica é atestada não apenas por Platão, mas por outras fontes seguras[23]. Exceção a tal regra são os nomes dos diálogos, dentre os considerados autênticos, *Apologia de Sócrates*, *O Banquete*, *A República* e *As Leis*.

No tocante aos personagens, merece destaque a figura de Sócrates, não apenas por ele ter sido o mestre de Platão, mas também por ser o personagem mais recorrente dos diálogos e, via de regra, aquele que conduz a conversa entre os interlocutores – o que leva à associação do pensamento e dos posicio-

---

23 A grande e notável exceção a essa regra é o personagem Cálicles, do diálogo Górgias. Cogita-se ser Cálicles um pseudônimo dado por Platão a uma figura histórica que preferiu não identificar pelo nome real ou, em contrapartida, uma mera figura de ficção que sintetizava as características de tantos políticos democráticos que gozavam do desprezo de Platão. Concordamos, entretanto, com Segurado e Campos (1999, p. 48-49), que afirma: "mais interessante, porém, do que tentar descobrir quem foi o Cálicles real, é apreciar o modo como Platão caracteriza a personagem", que tem como traços essenciais a ambição pela carreira política, o interesse na retórica que lhe serve para atingir tal finalidade e a convicção de que o regime democrático não é o preferível, eis que não é natural (pois o conjunto dos mais fracos impõe, por meio de uma convenção, sua vontade aos melhores). Deve-se destacar, ainda, o fato de ser leal às suas mais íntimas convicções, embora as externe de maneira muitas vezes grosseira (ver *Górgias*, 490,e).

namentos de Platão com as teses defendidas por Sócrates nos diálogos. Há, certamente, bastante plausibilidade nessa afirmação – contudo, essa plausibilidade não deve ser vista como certeza. Isso porque, inicialmente, não podemos confundir a figura histórica de Sócrates com o personagem Sócrates, ainda que este possa retratar, em larga medida, aquele[24]. Além disso, veremos um pouco mais adiante que o próprio personagem Sócrates mostra-se com facetas e personalidades diferentes nos diversos diálogos platônicos, notadamente quando comparamos os diálogos de juventude com os da fase madura e com os da velhice de Platão. Ademais, nesta última fase, sequer Sócrates aparece como personagem proeminente, estando até mesmo ausente em alguns diálogos. De qualquer forma, é a figura de Sócrates como maior personagem dos diálogos de Platão

---

24 Bastante enfático e esclarecedor a respeito é o ensaio "A figura paradoxal de Sócrates nos diálogos de Platão", de autoria de Louis-André Dorion (in FRONTEROTTA, BRISSON [org.], 2011, p. 29-42), no qual lemos: "é inútil procurar reconstituir, a partir dos 'logói socráticos', a doutrina do Sócrates histórico. Contrariamente a uma opinião disseminada, não temos nenhuma garantia de que as teses defendidas por Sócrates nos diálogos da juventude – chamados às vezes de maneira abusiva de "diálogos socráticos" – correspondam às posições do Sócrates histórico, de tal modo que seria no mínimo temerário sustentar que é sobretudo a partir dos diálogos da maturidade que Platão se afasta de Sócrates e até mesmo o trai, embora continue a ser o principal protagonista dos diálogos. Parece portanto mais prudente, no plano metodológico, considerar que as posições defendidas por Sócrates são como teses que Platão acreditou estar autorizado a atribuir-lhe como seu personagem em virtude da licença poética que o gênero 'logói socráticos' concede" (p. 38).

que nos faz levantar a denominada "questão socrática"[25], que nos remete ao questionamento sobre a existência de Sócrates e, em resposta positiva, à dúvida sempre constante entre o estabelecimento de uma linha divisória entre o pensamento próprio de Sócrates e o de Platão. A esses questionamentos não podemos olvidar de acrescentar a figura de Sócrates traçada por Xenofonte (outro de seus discípulos) e a desenhada por Aristófanes (escritor de comédias que, diversamente dos discípulos referidos, desdenha da figura de Sócrates, retratando-o de forma jocosa e pejorativa).

A QUESTÃO DA IRONIA

O termo "ironia" é comumente utilizado entre nós com sentido depreciativo, sinônimo de sarcasmo ou zombaria velada. No grego, entretanto, o termo relaciona-se diretamente com a interrogação, sobretudo o interrogar-se fingindo ignorância. Dessa forma, com a utilização da ironia pelo interlocutor, aqueles que eram questionados ficavam libertos da pre-

25 Mesmo partindo do pressuposto da existência de Sócrates, não há como negar que ele permanece, de certa forma, como um verdadeiro enigma, uma vez que tudo que supomos saber a respeito dele é baseado em representações deixadas por seguidores e por adversários. Dentre as representações, certamente a de Platão ocupa um lugar privilegiado, não apenas por ter sido o discípulo mais destacado de Sócrates, como também por fazer do mestre o personagem de maior destaque em seus mais lidos e atraentes diálogos. Mesmo assim, não falta quem considere Sócrates uma mera ficção literária (vide o estudioso belga Eugène Dupréel – 1879-1967). É justamente esse enigma que compõe a chamada "questão socrática", por meio da qual se procura saber quem teria sido e o que teria ensinado o verdadeiro Sócrates.

tensão de que tudo sabiam e, a partir daí, podiam iniciar o caminho da reconstrução das próprias ideias. No caso específico dos diálogos de Platão, a ironia desempenhada pelo personagem do diálogo que o conduz, notadamente Sócrates, é uma dupla simulação, posto que por meio dela não apenas se simula a ignorância como também finge reconhecer no interlocutor alguém que sabe e tem algo a ensinar. Eis um belo exemplo da postura irônica de Sócrates n'O *Banquete*:

> *Seria bom, Agatão, lhe falou, se com a sabedoria acontecesse isso mesmo: pela simples ação de contato, passar de quem tem muito para quem está vazio, tal como se dá com a água, que escorre por um fio de lã, da copa cheia para a que tem menos. Se com a sabedoria acontecer a mesma coisa, para mim será de suma importância ficar junto de ti, pois espero saturar-me à custa de tua abundante e excelente sabedoria. A minha é fraquinha e duvidosa como os sonhos; a tua, pelo contrário, brilhante e promissora, pois apesar de seres moço, irradia-se com tal força, que ainda anteontem luziu na presença de mais de trezentos mil helenos.* (175, d-e)

Não se pense, porém, que a ironia de Sócrates passa, a todo momento, despercebida, pois, em sequência ao excerto transcrito anteriormente, o personagem que dialoga com Sócrates afirma: "Zombas de mim, Sócrates".

A declaração de ignorância deve ser vista, desse modo, como uma postura pedagógica, por meio da qual o interlocutor – a quem se atribuiu uma falsa detenção do saber – é caracterizado no laço de sua própria ignorância. No entanto, a finalidade essencial não é de enganar, mas de possibilitar a busca do saber a partir do reconhecimento da ignorância. Referida postura pedagógica é, assim, verdadeira auxiliar da filosofia –

o amor pela sabedoria –, pois conduz todos, inclusive aqueles que acham que sabem, a buscar o conhecimento. Caso o personagem condutor, sobretudo Sócrates, adotasse uma postura dogmática (segundo a qual ele, detentor do saber, tão somente expõe o que sabe aos demais para os ensinar), estariam os discípulos privados da busca do caminho do saber.

Mesmo reconhecida a função pedagógica da ironia, não há como deixar de acolher as palavras de Goethe, citado por Reale (1997, p. 33):

> *quem soubesse explicar-nos que coisa homens como Platão disseram com seriedade, por brincadeira ou de modo brincalhão, e o que disseram por convicção ou então simplesmente por modo de dizer, certamente nos prestaria um serviço extraordinário e traria uma contribuição infinitamente valiosa à nossa cultura.*

Desse modo, frisemos, longe de ser mera simulação, certamente a ironia constitui-se uma postura diante da verdade, sobretudo porque sua utilização conduz à verdade, suscitando-a em vez de simplesmente impô-la. Para demonstrar a postura questionadora diante de afirmações, que poderão ou não corresponder à verdade, os próprios personagens dos diálogos platônicos, em determinados momentos, questionam-se acerca da ironia demonstrada pelo interlocutor (geralmente, Sócrates), a exemplo do que ocorre com Cálicles no *Górgias* (481,b): "Dize-me uma coisa, Querofonte: Sócrates está falando sério ou é brincadeira?". Sócrates, diante do questionamento que lhe é feito, dá continuidade à sua exposição, sem respondê-lo.

Não deve ser outra, portanto, nossa postura diante da leitura e análise da obra de Platão.

A QUESTÃO DA UNIDADE DO PENSAMENTO DE PLATÃO

O maior problema sobre o qual se debruçam os estudiosos de Platão, desde a Antiguidade até nossos dias, consiste na reconstrução da unidade de seu pensamento com finalidade de se alcançar uma visão ordenada de todo o complexo de discussões e conceitos que os diálogos nos oferecem. Leibniz, citado por Giovanni Reale (1997, p. 31), afirmou que "se alguém reduzisse Platão a um sistema prestaria um grande serviço ao gênero humano". Na mesma linha de pensamento, Edson Bini, importante professor e tradutor das obras de Platão, afirma na introdução de sua tradução de *As Leis* que

> *diferentemente de outros filósofos antigos, filósofos medievais e modernos, Platão não é precisamente um filósofo de sistema, à maneira de Aristóteles, Plotino, Espinosa, Kant ou Hegel, que expressam sua visão de mundo por meio de uma rigorosa exposição constituída por partes interdependentes e coerentes que, como os órgãos de um sistema, atuam em função de um todo e colimam uma verdade total ou geral. Mas, Platão também não é um pensador assistemático nos moldes dos pré-socráticos (cujo pensamento precisamos assimilar com base nos fragmentos que deles ficaram) e de expoentes como Nietzsche e Wittgenstein, que exprimem sua visão do universo através de máximas e aforismos, os quais pretendem na sua suposta independência relativa dar conta da explicação ou interpretação do mundo.* (1999, XLI)

Schleiermacher[26] (1768-1834) funda uma hermenêutica sobre a obra platônica segundo a qual os diálogos platônicos têm

---

26 Marilena Chauí (2002, p. 221) explica, ao discorrer sobre as diversas interpretações de Platão ao longo da história do pensamento, que "o Platão dos

uma unidade estrutural e exprimem um sistema preciso, ou seja, reconstroem a unidade do pensamento platônico segundo uma perspectiva monista, idealista e romântica, conforme expõem Giovanni Reale (1997, p. 41-2) e Werner Jaeger (1995, p. 582-3). Tal hermenêutica tem por pressuposto a concepção de que Platão teria planejado o conjunto da exposição de sua doutrina antes de escrevê-lo, executando seu plano sem qualquer alteração.

Em contrapartida, há aqueles que veem na análise dos temas tratados por Platão a utilização de expressões e ideias discordantes e mesmo contraditórias, sobretudo quando se cotejam os primeiro diálogos com os escritos posteriores. Nesse sentido, Carlos Alberto Nunes, na introdução à sua tradução do diálogo *Fedro* (2011, p. 29), afirma que:

> *cada diálogo constituía uma unidade estanque, peculiaridade, aliás, muito própria do estilo de Platão, que raramente se permite alusões veladas a seus escritos anteriores. Só depois de alguns séculos, no raiar de nossa era, ocorreria a Trasilo distribuir os Diálogos em tetralogias, numa classificação arbitrária e de todo alheia ao critério cronológico, e que os editores modernos do texto ainda acatam, por amor à tradição.*

Sob uma perspectiva intermediária, Giovanni Reale, acompanhado de Gaiser (autor de *Platone come scrittore filosofico* e *La*

---

românticos do final do século XVIII e início do século XIX, redescoberto sobretudo pelos estudos filológicos de Schleiermacher, é o filósofo do sistema, isto é, nele, teologia, política, ética, teoria do conhecimento são aspectos internamente articulados de uma única doutrina acabada e coerente".

metafísica della storia in Platone), reconhece que há lacunas nos diálogos platônicos, de modo que não se pode falar em sistema no sentido hegeliano, ou seja, um complexo de proposições rigidamente fechado, escolástico, estabelecido de uma vez por todas (1997, p. 33). Entretanto, afirma que podemos falar em sistema como uma "conexão orgânica de conceitos em função de um conceito-chave (ou de alguns conceitos--chave)" (1997, p. 32). Nessa perspectiva, o

> *sistema não tem nada a ver com rigidez sistematizante e estreitezas dogmáticas, mas apresenta-se como um projeto do eixo de sustentação principal das pesquisas, dos eixos de sustentação com ele conexos e das suas implicações.* (1997, p. 32)

Dentre essas possibilidades hermenêuticas apresentadas, posiciona-se Kelsen, valendo-se da autoridade dos ensinamentos de Werner Jaeger, em uma das notas encontradas em sua obra *A Ilusão da Justiça* (2008, p. 580), afirmando textualmente que se trata

> *de um equívoco supor, juntamente com Schleiermacher, que os diálogos platônicos compõem um todo sistemático, e que nenhum deles se explica por si só; os diálogos de Platão espelhariam um desenvolvimento gradual do pensamento platônico, sendo pois inadmissível explicar a partir de obras posteriores uma determinada obra na qual um problema apresenta-se formulado pela primeira vez.*

É essa postura intermediária, que vê no pensamento de Platão um sistema formado a partir de alguns conceitos-chave, que melhor se apresenta como hipótese hermenêutica. Por essa razão, não concebemos ser cada um dos diálogos platônicos um mundo estanque, totalmente apartado dos outros diálogos, como também não pensamos que o pensamento platônico seja um todo totalmente sistêmico, sem lacunas e sem contradições. Essa hipótese hermenêutica adotada exigirá, porém, que façamos algumas conexões, ainda que mínimas, entre o diálogo que exporemos – *O Banquete* – e alguns outros, até para que alguns conceitos-chave sejam identificados.

A EVOLUÇÃO DO PENSAMENTO PLATÔNICO

A questão da unidade do pensamento platônico está intimamente ligada à questão da evolução de seu pensamento, a qual, por sua vez, repousa em questionamentos acerca da cronologia dos diálogos. Na ausência de uma cronologia precisa, os estudos realizados pelos platonistas, de uma forma praticamente consensual, apontam para uma divisão da obra de Platão em três grandes períodos, tendo por critério essencial a consideração da "Teoria das Formas" ou "Teoria das Ideias".

No primeiro período, situado cronologicamente entre as datas da morte de Sócrates e da primeira viagem de Platão à Sicília (399 a 388 a.C.), estão situados os diálogos denominados aporéticos, assim chamados por apresentarem a discussão de um problema sem qualquer solução de cunho definitivo, ou seja, põe em destaque as dificuldades das questões discutidas. Os diversos conceitos levantados são debatidos e refutados, mas, para verdadeira frustração do leitor [desavisado], um conceito definitivo, em substituição aos refutados, não é apresentado. Essas questões são, em geral, de caráter predominantemente ético-político, o que explica o fato de os diálogos versarem sobre as mais diversas virtudes. Integram este período *Laques*, *Cármides*, *Eutífron*, *Lísis*, *Protágoras*,

Hípias Menor, *Íon*, *Hípias Maior*, *Apologia de Sócrates*, *Críton* e *Górgias*[27]. Deve ser destacado ainda que, neles, a figura de Sócrates é central, quer por se apresentar o mestre como condutor do diálogo, quer pelo fato de tais diálogos estarem permeados por ensinamentos do próprio Sócrates. Nas palavras de Roberto Bolzani Filho, em sua introdução à obra *A República* traduzida por Anna Lia Amaral de Almeida Prado (Martins Fontes, 2006), há um "pantanoso terreno da distinção entre Sócrates e Platão nos diálogos". É comum esses diálogos serem classificados também como diálogos da juventude. Acerca deles, Kelsen (2007, p. 97) expressou de forma direta sua opinião:

> *Os diálogos escritos por Platão na juventude, enquanto ainda estava sob a influência de Sócrates, nos quais trata direta ou indiretamente do problema da justiça, perdem-se em uma análise estéril de conceitos, em tautologias vazias; eles são mais ou menos sem resultado.*

No segundo período, iniciado após a fundação da Academia, quando o empenho dos discípulos em reabilitar a memória do mestre Sócrates já não se faz tão presente, teria sido elaborada a "Teoria das Formas" ou "Teoria das Ideias". Nele, as

---

27 Em seus pormenores, a cronologia a que nos referimos está sujeita a algumas controvérsias clássicas. Talvez a mais conhecida seja aquela acerca da posição do diálogo Górgias. Se, por um lado, o diálogo tem a forma aporética, por outro já anuncia a "Teoria das Formas". Assim, pode ser considerado o último dos diálogos do primeiro período ou, ainda, o primeiro dos diálogos do segundo período. Inegável, pois, sua classificação como "diálogo de transição" (Campos, p. 32).

questões de problemática ético-política são reavaliadas a partir das instâncias da filosofia da natureza. Integram o período os diálogos *Mênon, Crátilo, Eutidemo, Menexeno, O Banquete, Fédon, A República*[28], *Fedro, Parmênides* e *Teeteto*. São os chamados diálogos da maturidade, sendo, certamente, os diálogos mais lidos e comentados – além dos mais agradáveis – de Platão. É desse período que também provém a mais conhecida alegoria

---

28 Este diálogo, considerado central no *corpus* platônico, é composto por dez livros, sendo que alguns importantes autores, dentre os quais Victor Goldschmidt, sustentam a tese de que a escrita do Livro I não se dera juntamente com o restante da obra, o que pode ser aferido a partir das diferenças de estilo e vocabulário em relação aos demais livros do diálogo. O desenvolvimento de tal tese fez alguns autores concluírem que o Livro I d'*A República* era um diálogo inicialmente autônomo, integrante do primeiro ciclo das obras platônicas, e que foi, posteriormente, incorporado pelo próprio autor à sua grande obra. Verdadeira ou não, o certo é que o livro cumpre de modo adequado suas funções de introduzir o tema – a Justiça – e de levantar teses a serem debatidas/refutadas a seu respeito. Leia-se, a respeito, a nota 19 da introdução de Roberto Bolzani Filho à tradução d'*A República* de Anna Lia Amaral e Jaegaer (1995, p. 603). A esse respeito, Kelsen (2007, p. 97) defende a tese de que o Livro I d'*A República* teria por base o diálogo Trasímaco, do próprio Platão, obra que não teria sido completada nem publicada de forma autônoma. Em outro livro, Kelsen (2008, p. 283) afirma textualmente que "se é correto, conforme supomos, que o Trasímaco é obra da juventude de Platão, apenas posteriormente transformada no primeiro livro da República, é forçoso supor que suas últimas palavras compõem a transição com a qual ele inseriu, em sua obra madura, pensamentos de um período já remoto de sua vida. Elas nos revelam por que o Trasímaco permaneceu inacabado: com toda sua especulação conceitual, Sócrates não lograra conduzi-lo à essência da justiça".

de Platão – a alegoria ou mito da caverna, encontrada no Livro VII d'*A República* (514,a-517,c).

Nessa alegoria, os homens são comparados a prisioneiros que passam a vida inteira acorrentados no interior de uma caverna. Esses prisioneiros estão sentados de costas para a entrada da caverna, havendo diante deles um muro, no qual são projetadas sombras vindas de fora da caverna. Essas imagens, porém, são vistas pelos prisioneiros como objetos verdadeiros. Eis que um dia um dos prisioneiros, após soltar-se paulatinamente das correntes, vê-se liberto, volta-se à entrada da caverna e dela resolve sair, ainda que apresente dificuldades para tanto – o que se explica pelo incômodo causado pela luz que provêm do exterior da caverna, à qual não está habituado. Pouco a pouco, percebe que há objetos fora da caverna e que as imagens que visualizou naquele muro, enquanto estava acorrentado no interior da caverna, não passam de simulacros dos objetos reais. Contudo, não apenas os objetos reais são visualizados – a luz do Sol também o é. Descoberta a verdade, o homem liberto resolve voltar à caverna e revelar tudo o que viu – e agora sabe – àqueles que continuam prisioneiros. Estes, porém, voltam-se contra ele, caçoando e, pior, chegando mesmo a atentar contra a vida dele.

Nessa magnífica alegoria, as sombras ou as imagens projetadas no muro que está no interior da caverna são os dados do mundo sensível; os verdadeiros objetos, aqueles encontrados fora da caverna, são as ideias (ou formas), o Sol corresponde à ideia de Bem (o Deus de Platão); aquele que consegue livrar-se dos grilhões e sair da caverna seria o filósofo – o "amante" ou "amigo" da sabedoria. Eis que surgem questionamentos decorrentes da explicação dessa alegoria: qual a relação entre o mundo interior da caverna (o mundo sensível) e o mundo exterior (o mundo inteligível ou mundo das ideias)? Como explicar que aquele homem, ex-prisioneiro, tenha conseguido reconhecer os objetos verdadeiros, diferenciando-os das sombras (meras projeções), se ele esteve a todo tempo no interior da caverna, como os demais que dela não saíram? Essas questões auxiliam no entendimento acerca de alguns conceitos considerados centrais para compreender o pensamento platônico (bem como ajudam a entender a necessidade de, muitas vezes, buscarmos explicações a questões que surgem em outros pontos e outros diálogos de Platão. Assim, a relação entre o mundo sensível e o mundo das ideias é uma relação entre o verdadeiro objeto e sua mera representação, seu mero simulacro – não olvidemos jamais que, para Platão, o mundo verdadeiro, o mundo real, é o mundo das ideias. Por sua vez, aquele ex-prisioneiro consegue reconhecer os objetos reais (as ideias ou formas) pelo fato de a alma dele já haver estado, anteriormente, no mundo das ideias, sendo essa concepção oriunda do pitagorismo explicitado por Platão no diálogo *Fédon* (diálogo que trata da imortalidade da alma). O reconhecimento dos objetos reais, assim, constitui-se uma recordação daquilo que já se encontrava latente na alma – fenômeno chamado "reminiscência", cuja explicação é fornecida no diálogo *Mênon* (80,d-86,b). Por sua vez, a alma recorda-se daquilo que vivenciara em outra vida de um modo não tão eficaz como gostaríamos, uma vez que ela teria sofrido uma queda e encontra-se, agora, aprisionada ao corpo – o corpo como prisão para a alma. Eis o "mito da queda" explicado no diálogo *Fedro* (248,a-c). A alegoria da caverna, desse modo, não é apenas uma exposição por meio de imagens da teoria das formas (ou das ideias) – encontrada no centro do pensamento de Platão, que coloca, igualmente, o diálogo *A República* como central em toda a obra platônica. As explicações a tudo aquilo que podemos extrair e concluir de tal alegoria explicitam a tese a que nos referimos e à qual aderimos no item anterior: a interpretação de Platão implica a busca de conceitos-chave e algumas concepções essenciais em seu pensamento.

O terceiro período, por fim, iniciado após a segunda viagem de Platão à Sicília, apresenta diálogos nos quais Sócrates não é a figura central, embora participe de quase todos, e nos quais Platão realiza um processo de revisão de uma série de problemas antigos, dando ao pitagorismo um novo sentido e colocando a cosmologia no centro do debate filosófico. Integram tal período *O Sofista*, *O Político*, *Filebo*, *Timeu*, *Crítias* e *As Leis* – os denominados diálogos da velhice.

A UTILIZAÇÃO DO MITO NO PENSAMENTO DE PLATÃO

O mito pode ser definido como um discurso que uma coletividade transmite oralmente de uma geração a outra, com finalidade de conservar na memória aquilo que julga ser seu passado, permitindo, dessa forma, que esta sociedade transmita a seus membros seu sistema de valores (Brisson, 2003, p. 306).

Ao estudar a história da Filosofia, é comum afirmar que ela teria nascido da ruptura com as explicações mitológicas criadas na tentativa de explicar a realidade. Sob essa perspectiva, a Filosofia é a primeira das explicações científicas produzidas no mundo ocidental acerca da realidade. Segundo Marilena Chauí (2006, p. 36), para alguns autores tal ruptura teria sido radical e, para outros, a Filosofia teria nascido de uma racionalização gradual e paulatina dos próprios mitos. Esta segunda hipótese parece ser a que melhor se adapta à tentativa de explicação das exposições realizadas por Platão, que, conforme veremos mais adiante, se valeu dos mitos de forma bastante peculiar na exposição de suas ideias.

Os próprios filósofos, ao se depararem com o mito na obra platônica, forneceram explicações divergentes a respeito, consoante anota Reale (1997, p. 40-4). Hegel concebia o mito como parte da pedagogia do gênero humano, afirmando, contudo, que "quando o conceito amadurece não tem necessidade de mitos". Logo, o mito em Platão teria um valor filosófico negativo, eis que denotava o não amadurecimento de conceitos. Em contrapartida, Heidegger chegou à conclusão diametralmente oposta, pois inseria o mito na mais autêntica metafísica platônica.

De qualquer forma, a reproposição e a revalorização do mito em Platão estão ligadas diretamente à sua adesão às teses do orfismo[29], de tendência e orientação místicas. Não por outra razão, a partir do *Górgias*, diálogo cuja cronologia já referimos anteriormente, a argumentação desenvolvida terá o mito como um de seus sustentáculos, sobretudo porque, por meio dele, expõem-se os limites da razão humana. Desse modo, o mito constitui-se uma verdadeira tentativa de superação intuitiva desses limites e, por consequência, no coroamento da razão. Ilustrativas, a respeito, são as palavras do

---

29 A respeito, explica-nos Christophe Rogue (2005, p. 203): "Orfismo – relativo a certo cultos mistéricos que estavam ligados a poemas que eram atribuídos a Orfeu. Nesses ritos de caráter iniciático, o fiel purificava-se das faltas ligadas ao corpo para levar a sua alma, por meio de suas vidas nos corpos sucessivos, ao repouso prometido aos bem-aventurados. O orfismo e o caráter ascético de suas crenças influenciam diretamente a Platão em temas como corpo-túmulo ou a metempsicose".

personagem Cálicles no diálogo *Górgias* (513,c): "Não sei explicar por que me parece bem o que disseste, Sócrates; porém comigo se dá como com quase toda a gente: não chegas a convencer-me". Pouco depois, em resposta ao não convencimento manifesto, Sócrates narra um mito, com o qual conclui no *Górgias* (527,a-b):

> *É possível que consideres tudo isso uma simples ideia de velhas, que só merece o seu desprezo. Não fora nada extraordinário que nós também a desprezássemos, se em nossas investigações encontrássemos algo melhor e mais verdadeiro.*

Sobre isso, são esclarecedoras as palavras de Christophe Rogue (2005, p. 64) no sentido de que "a Filosofia, em Platão, não prova pela razão a sua própria necessidade". Assim, embora se constitua um discurso que leva adiante a realização desse ideal, não o faz de modo completo. Portanto, dada a dificuldade de convencer racionalmente sua própria necessidade, o recurso do mito vem, em última instância, garantir esse ideal. O apelo ao mito (à divindade e à escatologia), dessa forma, deve levar à adesão à Filosofia[30]. Sobretudo os mitos finais no *Górgias*, no *Fédon* e n'*A República* podem ser explicados como prolongamentos de um logos racional que não pode, por si só, levar a conclusões definitivas e converter os homens à Filosofia. O mesmo pode ser dito com relação aos mitos narrados pelos personagens Aristófanes e Sócrates no diálogo *O Banquete*.

---

30 No mesmo sentido, tem-se a explicação fornecida por Léon Robin, em sua obra *Platon* (2002, p. 140-83).

Deve ser ressaltado, consoante ponderações de Trabattoni (2010, p. 21-2), que a utilização do mito por Platão não se faz de modo tradicional; antes, ao contrário, o pensador reconstrói mitos convencionais e conhecidos e constrói seus próprios mitos para apresentar, de modo não dogmático ou doutrinário, conteúdos de natureza verdadeiramente filosófica. Por isso, nos diálogos platônicos, não são rígidas as divisões canônicas entre mito e logos, entre demonstração e persuasão, entre lógica, dialética e retórica. Não se pode olvidar, entretanto, a função de persuasão desempenhada pelos mitos em Platão, que somente se faz possível mediante o provocar de emoções. Segundo Brisson (2003, p. 306-7),

> *o mito só atinge verdadeiramente seu objetivo, se ele provoca emoções. (...) Esta fusão emotiva é apresentada por Platão como o efeito de um encantamento que exerce na alma o papel de um medicamento, de uma simpatia ou mais simplesmente de uma persuasão.*

Assim, a utilização de mitos é um exprimir-se por imagens, uma aproximação aceitável e verossímil da verdade[31], o que

---

31 Sobre o assunto, são ilustrativas as palavras de Timeu, extraídas de diálogo homônimo (29,c-d): "Se então, ó Sócrates, em muitos pontos, sobre muitas questões relativas aos deuses e ao nascimento do Universo, não chegarmos a nos mostrar capazes de apresentar razões integralmente coerentes e levadas à extrema precisão, não vos surpreendais. Mas se as apresentamos, de incomparável verossimilhança, devemos nos felicitar, recordando-nos que eu que falo e vós que julgais somos apenas homens, de forma que nos basta aceitar nessas matérias uma aproximação aceitável, e que não devemos buscar além".

se perfaz de todo válido, na medida em que pensamos não só por conceitos, mas também por imagens. Trata-se, portanto, de vários níveis de conhecimento que, uma vez imbricados, atenuam as limitações cognitivas do homem.

Especificamente no que concerne ao diálogo *O Banquete*, a diversidade de explicações míticas em torno do Eros está inserida na profunda dimensão poética da religião grega, cujas flexibilidade e possibilidades plúrimas se dão em face da ausência de um texto revelado e canônico, bem como de uma classe religiosa/sacerdotal específica responsável por salvaguardá-lo e mantê-lo impuro. Adiciona-se a isso a apropriação filosófica dos mitos por Platão, inseridos na argumentação dialética, de modo que se pensa e se vê por meio deles e das imagens que geram, tornando-os intermediários entre o sensível e o inteligível – uma ponte entre os dois mundos, consoante explicações que se encontram na teoria platônica sobre o mundo. Eis a harmonização entre a discussão dialética e a argumentação alegórica. Alegorizado, Eros passará de entidade mítica primordial (cantada na tradição literário-mitológica) a princípio metafísico (princípio formador e orientador do "cosmos", consoante pensamento filosófico).

ENFIM, *O BANQUETE*

Todo o exposto anteriormente acerca de Platão tem por finalidade permitir uma análise minimamente razoável do diálogo *O Banquete*[32], escrito na fase da maturidade de Platão (portanto,

32 O diálogo recebe também o nome *O Simpósio* – tratando-se da tradução literal do grego para o português. O termo simpósio era empregado pelos gregos para designar o momento que sucedia à refeição propriamente dita,

pertencente ao segundo período de sua obra), provavelmente entre os anos de 384 e 379 a.C. Esse diálogo tem por objeto principal o amor – "Eros" –, tratando-se de parada obrigatória a todos aqueles que, de alguma maneira, queiram se debruçar sobre o tema; uma "leitura insistente", nas palavras de Barthes (2003, XXIII). Em suma, falar ou discorrer sobre o amor e não mencionar, direta ou indiretamente, a obra *O Banquete* constitui lacuna e falha insuperáveis. Discordamos veementemente, desse modo, da concepção de Schopenhauer no sentido de que o pensamento platônico sobre o amor, tal qual disposto nos diálogos *O Banquete* e *Fedro*, teria permanecido no domínio dos mitos, das fábulas e dos ditos ambíguos, referindo-se, no mais das vezes, à pederastia grega. Em suma, reiteramos que a exposição platônica não apenas é a primeira teorização acerca do tema, como é também a mais relevante, em especial por ser a mais abrangente e a mais instigante. Tentaremos, nas linhas que se seguem, comprovar a profundidade do teor d'*O Banquete*. De início, porém, convém ressaltar que o pensamento de Platão acerca do amor não se reduz e, ao mesmo tempo, está bem distante do que vulgarmente se denomina "amor platônico", cujo significado seria o amor puramente ideal, desprovido de qualquer concretização e do qual estaria ausente o contato físico. Não é essa a concepção de amor que encontramos nos diálogos platônicos, em especial naqueles que tratam de forma mais direta e específica sobre o tema – *Fedro* e *O Banquete* –, sendo que é a análise de pontos extraídos deste último que procuraremos oportunamente desenvolver.

---

quando se bebia vinho diluído em água, em uma reunião dedicada a um deus, geralmente Dionísio.

Atentemos que a obra não é um verdadeiro diálogo, por meio do qual ideias são expostas, defendidas e refutadas à luz do contraditório. Antes, há uma série de discursos[33] com relativa independência entre eles, o que pode sugerir a renúncia a uma estrita aplicação do método dialético. E daí pode-se afirmar que "o principal encanto dramático da obra reside na maestria das caracterizações individuais, que faz dos tipos antagônicos das concepções do eros dominante uma sinfonia incomparavelmente rica" (Jaeger, 1995, p. 725). Da mesma forma, conquanto seja Sócrates um dos personagens a proferir um dos dois discursos de destaque, na verdade o discurso central do diálogo (o outro é de Aristófanes, justamente seu opositor e ridicularizador), não é ele quem segura a batuta de toda a discussão. Passemos, assim, à exposição dos discursos.

O diálogo inicia-se com uma conversa entre Apolodoro e Glauco, quando este interpela o primeiro para obter informações acerca do banquete, o que explicita que tudo o que se seguirá é, em verdade, uma narrativa em torno de um diálogo pretérito – portanto, um diálogo indireto. Ademais, não se trata de um diálogo ocorrido há pouco, mas que já conta com alguns anos ("isso se deu no nosso tempo de criança", afirma Apolodoro [173,a]). Tal caracterização inicial do diálogo não se constitui algo indiferente, mas serve para nos colocar

---

33 Os discursos narrados por Aristodemo são apenas aqueles "dignos de serem lembrados" (178,a). Em outras palavras, Platão conserva os diálogos que não devem ser esquecidos, pelo que há uma referência, ainda que indireta, ao conceito etimológico do vocábulo grego correspondente à verdade (*alethea*, que significa não esquecimento).

questões também relevantes à interpretação do pensamento platônico. A narrativa de um diálogo ocorrido há considerável tempo certamente nos conduz ao questionamento acerca da fidedignidade da narrativa, o que aponta para os limites de conceitos como "verdade", "conhecimento", "discurso", etc. Como pode parecer à primeira vista, a relativização de conceitos tão relevantes não indica o caminho de abandono da discussão; ao contrário, ressalta a necessidade de se travar a discussão, expondo conceitos, refutando-os quando necessário e exemplificando (por meio dos mitos), ainda que tudo se faça sem a certeza de se obter o resultado pretendido. Apolodoro, por sua vez, ainda revela que o diálogo lhe fora narrado por Aristodemo, a quem aponta como "um dos mais fervorosos admiradores de Sócrates" (173,b), ainda que posteriormente tenha consultado o próprio Sócrates a respeito de vários pontos da narrativa[34]. O importante, de qualquer forma, é chegar o mais próximo possível da ideia, do conceito/tema posto em discussão, até porque "ligado ao tema da alma, e por diversos modos crucial, quer na antropologia de Platão, quer de maneira geral em toda a sua filosofia, está a célebre questão do eros (amor)" (Trabat-

---

34 A respeito, são esclarecedoras as palavras de Victor Sales Pinheiro em sua introdução à tradução d'O *Banquete* realizada por Carlos Alberto Nunes (edição bilíngue – grego/português) que utilizamos neste trabalho: "A trama constitui uma tripla camada temporal de intermediação erótica, em que três pessoas teriam ouvido, em ocasiões diferentes, a mesma história, agora discursivamente encadeada: (1) Apolodoro a contou a Glauco, (2) que a conheceu por alguém que a recebeu de Fênix, (3) que a escutou, assim como Apolodoro, de Aristodemo, o único presente no banquete. Como se vê, o nexo estrutural do prólogo supõe uma narrativa três pontos distante do fato" (p. 34).

toni, 2010, p. 147), que, para Platão, "revela um dado essencial da natureza humana, ou seja, a sua tensão dinâmica para a obtenção de um determinado objetivo. Em outras palavras, essa vontade pode ser chamada 'tensão' ou 'desejo'" (op.cit.).

Dadas as premissas, o diálogo inicia-se com Fedro, não por acaso o personagem que dá nome a outro diálogo que trata também do amor, em conjunto com a beleza. Fedro é o responsável pela escolha do tema do diálogo (177,a), o mesmo que já havia sugerido a Erixímaco, a quem dirigira uma censura aos poetas que, embora tenham a função de cantar hinos aos deuses, se esqueceram de Eros (177,c). Sua função seria, nesta medida, suprir essa lacuna. A exemplo dos sofistas, Fedro recorre de forma constante às máximas de poetas antigos, os quais apresentam uma genealogia mítica dos deuses – tendo em Hesíodo a máxima autoridade (178,b). Nessa genealogia, Eros encontra-se entre os mais antigos dos deuses e

> *a ideia fundamental em que se inspira é a interpretação política de Eros como instigador da ânsia de honra e engendrador da arete, sem a qual não poderiam subsistir nem a amizade, nem a comunidade, nem o Estado. (Jaeger, 1995, p. 726)*

É o que se pode facilmente inferir das declarações:

> *Se houvesse meio de formar uma cidade ou um exército só de amantes e dos respectivos amados, melhor base não fora possível encontrar para sua estruturação, por se absterem da mínima torpeza todos os seus componentes e se estimularem reciprocamente na prática do bem. (178,e-179,a)*

Referida exposição busca a justificação moral do Eros, sem, contudo, fazer qualquer referência à sua essência ou distinguir suas formas. E, a partir de tais lacunas – sejam elas propositais ou não –, tem início o segundo discurso. Fedro antecipa, porém, a intertextualidade d'O *Banquete* com a tradição literária grega – Hesíodo, a quem já nos referimos, Homero, Acusilau Parmênides, Ésquilo, etc. –, sendo essa uma marca característica de todo o diálogo.

Pausânias, o segundo dos presentes à comemoração a discursar, procura definir Eros a partir da falta de precisão que se pode verificar no discurso de Fedro, fazendo-o sem o abandono do mito – e notemos, a partir disso, a relevância do mito na formação das concepções gregas de um modo geral e no pensamento platônico de maneira específica, conforme anteriormente já asseveramos. Explica Pausânias que Eros está a serviço de Afrodite. Ocorre, porém, que há duas Afrodites – a mais velha, nascida sem mãe, filha de Urano, razão pela qual é chamada urânia ou celeste; e a mais nova, filha de Zeus e de Dione, a qual é chamada de pandêmia ou vulgar (180,d)[35]. Há, por consequência, dois Eros: o primeiro é de origem divina e visa ao verdadeiro Bem, no que se inclui o bem do amado, e o segundo, em contrapartida, com vistas à mera satisfação dos apetites sexuais, é de natureza vulgar, vil e re-

---

35 As denominações são referências aos nomes das musas Polímnia e Urânia. Enquanto a primeira é a musa da "poesia sagrada", a segunda é a "musa da astronomia". As musas foram criadas por Zeus para cantarem e louvarem a vitória dele sobre os Titãs. São nove e foram geradas no período de nove noites, nas quais Zeus dormiu com Mnemósina (Memória). Além de Polímnia e Urânia, são elas: Clío (História), Euterpe (Poesia Lírica), Tália (Comédia), Melpômene (Tragédia), Terpsícore (Música e Dança), Érato (Poesia Amorosa) e Calíope (Poesia Épica).

provável. A justificação do Eros se faz a partir da coincidência dos instintos sexuais com os motivos ideais. Três são os pontos de distinção entre o "amor divino" (amor urano) e o "amor vulgar" (pandêmio): (1) o primeiro revela amor maior à alma que ao corpo, sendo, por consequência, constante, pois a alma não sofre as perdas experimentadas pelo corpo (184,e); (2) não participa do sexo feminino, mas apenas do masculino, por ser mais forte e inteligente; e (3) cogita uma união para toda a vida (181,b-e). O "amor vulgar" (pandêmio), por sua vez, apresenta as características contrárias.

Erixímaco, por fim, exprime em seu discurso a visão que possuía na qualidade de médico – portanto, um observador da natureza (186,a) –, fazendo-o, assim como os predecessores, sem se descuidar da visão mítica acerca do Eros, um deus poderoso. Neste terceiro discurso, é realçado, porém, o poder gerador do deus Eros, o princípio do devir de todo o mundo físico – ou seja, reconhece-se que a influência do amor não se restringe ao estabelecimento das relações com os belos mancebos, alargando, portanto, o conceito de Eros. Reconhece-se também a distinção entre o Eros bom e o mau, no que segue Pausânias, qualificando-os como o são e o enfermo (186,a-c). É a harmonia entre os diferentes Eros que conduzirá ao estado de equilíbrio, da mesma forma que a saúde é o resultado da mistura correta dos contrários encontrados na natureza (186,d-e). Erixímaco fala da necessidade de "manter sob vigilância severa as duas modalidades de amor, pois ambas em tudo estão presentes" (187,e). Percebe-se aqui o princípio do pensamento de Heráclito, este citado expressamente, cujo conceito de harmonia repousa na ideia do equilíbrio dos contrários. Já a convergência entre o discurso de Erixímaco e o de Sócrates, que será proferido posteriormente, reside no fato de que, em ambos, a preocupação está na investigação da natureza (*physis*) e na compreensão do microcosmo humano, que da natureza participa e, dessa forma, é dotado de uma ordem reguladora e preservadora do mundo: Medicina e Filosofia convergem e também se confrontam nessa função. Igualmente, as questões da falta e da carência são encontradas em ambos os discursos, ainda que de modos diversos. O que podemos perceber é que, inicialmente, o amor é reduzido à sua dimensão somática, o que explica a colocação no sentido de que as pessoas desejam e hostilizam por conta da "repleção" (estado do que é repleto) e "vacuidade" (estado de vácuo, de privação, de falta) dos seus corpos, cabendo à ciência equilibrar esse contraste (186,c-d) e, consequentemente, o descuido para com a beleza e para com a alma. No entanto, também o discurso de Erixímaco defende uma potência tão alegórica e universal (188,d) que se fazia necessário tratar de Eros de uma forma mais direta às questões concretas do amor. Somente alguém com uma visão "poética" poderia reverter a situação, e é nesse contexto que chegamos ao discurso de Aristófanes, certamente um dos dois que se notabilizaram na obra *O Banquete* (o segundo, conforme já afirmamos, é o discurso de Sócrates).

Aristófanes, importante autor de comédias e ridicularizador de Sócrates, inicia seu discurso afirmando que "os homens absolutamente não fazem ideia do poder de Eros", pois "dos deuses é o mais amigo dos homens, protetor de todos e médico para males cuja cura definitiva redundaria em ventura indizível para o gênero humano" (189,c-d). Reconhecido seu poder, como então o explicar? É a partir de sua originalidade poética – bastante cômica, em alguns aspectos – que Aristófanes narra o mito do homem primitivo, que possuía forma esférica (a forma circular era símbolo da perfeição), duas cabeças, quatro pernas e quatro braços (tudo era duplicado), bem como se deslocava à velocidade incomparável, como se estivesse sobre pás giratórias. Esse homem primitivo possuía força descomunal (titânica, podemos dizer, e, assim, dissociada do que denominamos ordem cósmica) e era autossuficiente. Essa força possibilitaria que, de alguma forma, fosse turbada a ordem cósmica, até porque tais seres primitivos chegaram a atacar os próprios deuses (190,b), pelo que foi necessário que fossem esses seres partilhados em dois, consoante deliberação de Zeus – matá-los também seria uma opção, ainda que não inteligente, posto que com ela ficariam os deuses sem quem os adorasse e prestasse as devidas homenagens (190,c). Divididos, não apenas estariam os humanos enfraquecidos como também aumentado o número dos adoradores; e, se necessário fosse, caso os homens não diminuíssem sua arrogância, poderiam ser ainda mais partilhados. Primeiramente seccionados e depois reparados por Apolo (190,e), surge em todo o ser humano o desejo inato e incontrolável de encontrar sua metade, de buscar sua completude, a totalidade de seu Ser – totalidade esta impossível à natureza incompleta dos indivíduos considerados singularmente. O amor seria, desse modo, esse anseio metafísico e inato do homem pelo encontro do que necessariamente lhe falta, porque lhe fora retirado. A função do amor consistiria, por consequência, no aperfeiçoamento de cada um de nós, incompletos por natureza, mas em busca da completude: "a saudade desse todo e o empenho de restabelecê-lo é o que denominamos amor" (192,e). Curiosamente, Aristófanes trata da questão de forma a não deixar brechas, posto que explica que os seres primitivos são diferentes entre si (havia seres masculinos, seres femininos e seres andróginos), razão pela qual a completude também é buscada de formas diversas. Eis o que explica a união entre pessoas de sexos opostos e entre pessoas do mesmo sexo (191,d e seguintes). No entanto, não nos iludamos: ainda que encontrada a outra metade perdida, não somos aptos a atingir o estado original de integridade. O amor possibilita, porém, que cheguemos bem próximos dessa integridade. Se a cisão foi causada por um deus, apenas outro deus poderia restaurá-la perfeitamente: eis o papel que caberia a Hefesto (Vulcano para os romanos), deus do fogo e forjador do ferro, caso as metades que se reencontrassem fossem questionadas sobre seus desejos. Não nos parece ser coincidência que Hefesto era casado com Afrodite (Vênus para os romanos), a deusa do amor e da beleza. É o discurso de Aristófanes, entretanto, que melhor parece retratar o sentimento amoroso pungente de alguém por outrem – sentimento que será satisfatório tão somente se encontrada a metade da qual foi apartado, com o consequente restabelecimento da unidade originária. É também nesse discurso que a correlação entre amor e felicidade aparece de modo explícito: "só poderá ser feliz quando realizarmos plenamente a finalidade do amor e cada um de nós encontrar o seu verdadeiro amado, retornando, assim, à sua primitiva natureza" (193,c). Em contrapartida, esse belo discurso também revela a natureza trágica do amor em meio à vida: a tarefa de encontrar a sua metade perdida parece, em alguns momentos, muito mais árdua e difícil que a ascese erótica, que será, depois, pregada por Sócrates. Por isso, essa busca é feita mediante a miscelânea de sentimentos e emoções intensas e instáveis: a busca pelo amor não é feita apenas à base do amor, mas também do medo, da loucura, da vergonha (que tolhe as ações ou, quando de sua perda, leva às mais tresloucadas ações), do ciúme, do rancor e também do ódio (este, irmão gêmeo univitelino do "amor-paixão"). A tragicidade também pode ser ressaltada uma vez que, mesmo encontrada a metade apartada, fica acentuado o caráter incompleto dos seres humanos. Não temos dúvida, entretanto, que são os discursos de Aristófanes e de Alcibíades que melhor ressoam e exprimem o sentimento amoroso que experimentamos de maneira ordinária – o primeiro, por retratar aquilo que queremos, a todo custo, acreditar; o segundo, por expor, sem qualquer pudor, a condição irracional do amor[36], sobretudo aquele não correspondido.

Ágaton (ou Agatão) encontra-se em verdadeiro apuro, não apenas porque será sucedido pelo aguardado Sócrates, mas também por suceder Aristófanes, cujo discurso certamente eleva o amor acima da convencional amizade masculina, colocando-o como um dado da preexistência humana (e, nesse aspecto, algo semelhante ao próprio conhecimento, segundo a concepção platônica, conforme podemos inferir da leitura dos diálogos *Mênon*, *A República* e *Fédon*). Talvez por isso Ágaton fuja da caracterização psicológica do amor (psicológica no sentido de ser algo atrelado ao sujeito que ama), traçando uma verdadeira concepção idealista do amor. Ele não descuida, ademais, em afirmar que o melhor modo de elogiar Eros é primeiramente explicar sua natureza, para só depois falar

---

36 Talvez ambas as versões da expressão "apaixonar-se" para o inglês ("*fall in love*") e para o francês ("*tomber amoureux*") possam ser traduzidas literalmente por "cair por amor" e ajudem a explicitar uma das consequências que acompanha o sentimento amoroso.

de seus benefícios (195,a). Eis a razão pela qual seu discurso centra-se na indicação da perfeição de Eros, como decorrência de sua origem divina. Além de perfeito, Eros é o mais feliz, o mais belo, o mais jovem (no que contraria expressamente Fedro) e o melhor de todos os deuses (195,a). A comprovar tal juventude, argumenta Ágaton, está o fato de que a paz agora existente entre os deuses, não mais envoltos nas querelas narradas por Hesíodo e Parmênides, é decorrência de Eros passar a residir no Olimpo. Assim, além de jovem, é delicado e de natureza maleável (sendo esta maleabilidade que explica a possibilidade dele "envolver todas as coisas", "entrar sem ser percebido, nas almas, e sair delas" [196,a]). Nele se resumem todas as virtudes (a justiça, a temperança, a coragem e a sabedoria [196,d]), sendo, ainda, responsável pelo ensinamento das artes aos mortais (música, criação dos animais, medicina, manejo do arco, adivinhação, etc.), mas também aos próprios imortais, outros deuses (a melodia das musas, a arte de forjar de Hefesto, a arte de tecer de Atena e mesmo o domínio de Zeus sobre os deuses e os homens). A ordem entre os deuses e o sentimento de solidariedade entre os homens também são decorrência da atuação de Eros que, desse modo, constitui-se "o melhor e mais belo diretor que todo homem deve seguir" (197,e). O elogio de Eros por Ágaton é, em larga medida, autoencomiástico, isto é, ele louva o amor fazendo uma referência às suas próprias características virtuosas: Ágaton é jovem, delicado, belo e poeta. Daí ser Eros o mais jovem dos deuses, delicado, belo e poeta (195,a-c e 196,d-e). Tal discurso serve, também, para justificar o amor que lhe devota Pausânias, retratando, ainda, sua personalidade narcísica e afeminada. Sua prosa poética, por fim, serve para apontar para o confronto entre o "discurso poético" e o "discurso filosófico", confronto retratado no diálogo na contraposição entre ele, Ágaton, e Sócrates, que discursará logo em seguida. É o discurso de Ágaton, segundo narração de Aristodemo, o mais aplaudido (198,a).

O discurso de Sócrates, certamente o ápice do simpósio, apresenta um leve traço de semelhança aos diálogos platônicos da fase da juventude, pois os discursos anteriormente proferidos sofrem algum tipo de censura ou ponderação. De início, Sócrates afirma que o discurso de Ágaton lhe faz lembrar Górgias[37]. Lembra também aos demais que ele não se mostra apto na arte de tecer elogios como os até então tecidos a Eros, até porque, para ele, "a verdade deveria ser o fundamento próprio do discurso" (198,b), no que repete um preceito que encontramos na *Apologia de Sócrates*. Não se trata, porém, de censura absoluta, diversamente do que se dá com os diálogos aporéticos da primeira fase da obra platônica, nos quais as opiniões previamente expostas são desqualificadas em sua totalidade. O que se percebe n'O *Banquete* é que um pouco de cada um dos discursos precedentes é preservado por conter em si algo de verdadeiro. Por isso, Sócrates aprova o método de Ágaton ao buscar a determinação da natureza de Eros antes de expor seus efeitos (199,c). Em contrapartida, tornamos a dizer, rompe com os demais discursantes por procurar não a mera exaltação de Eros, mas, sobretudo, o compromisso para com a verdade (199,b), o que se mostra facilitado pelo fato de Sócrates, à exceção dos demais, ter mantido a sobriedade, até por não haver participado da bebedeira da véspera.

---

37 Górgias é um sofista, sendo também o nome do diálogo platônico sobre a retórica.

Eis a razão pela qual o anseio ou desejo representado por Eros é a indicação de que algo lhe falta, sendo essa falta a mola propulsora do desejo: "o que não se tem, o que ainda não existe e o de que se carece: eis, precisamente, o objeto do desejo e do amor" (200,e). Por consequência, a aspiração de Eros ao belo é prova de que ele próprio não é belo, contrariamente ao afirmado por Ágaton, mas, antes, que ele necessita da beleza – a inversão também se dá pelo fato de que o amor é identificado com o amante (aquele que ama) e não com o amado (199,c-201,c). Essa colocação permitirá retornar ao elemento essencial da carência e da falta – a exemplo de Erixímaco – para o que Sócrates recorrerá a um mito. Não se trata, porém, de um mito conhecido, mas de um mito que lhe fora narrado pela profetiza Diotima, de Mantineia – e aqui estamos novamente lidando com informações passadas e repassadas, informações indiretas, pelo que se extrai a grande possibilidade de que alguma informação tenha se perdido ou tenha sofrido algum tipo de distorção. Da mesma forma, a narração efetuada por uma sacerdotisa confere um clima religioso e místico à fala de Sócrates.

A partir das informações que lhe foram passadas por Diotima, que o doutrinou nas questões do amor (201,d), Sócrates narra que, quanto à origem de Eros, "Penia" (a pobreza), aproveitando-se de um momento de embriaguez de "Poros" (a riqueza, a fartura, o expediente), com ele se deita e gera um filho, justamente Eros. O amor (Eros), nessa medida, é sempre pobre (carente), insensível e não belo – caraterísticas herdadas da mãe. Em contrapartida, está sempre apto a buscar o belo e o bom, para o que demonstra audácia, persistência e mesmo atrevimento, se necessário, além de ansiar por conhecimento, o qual busca toda a vida – características herdadas do pai. Por meio do mito, fica explicada a natureza contraditória de Eros (203,b-c). Não se mostra irrelevante, ademais, o fato de Eros ter sido gerado em meio à festa dos deuses em comemoração ao nascimento de Afrodite – motivo pelo qual Eros tornou-se companheiro e servidor da deusa do amor (203,b-c).

O que também se extrai da narrativa de Sócrates n'O *Banquete* é que o amor está entre a formosura e a feiura, entre o pleno conhecimento e a ignorância (202,a), entre a perfeição e a imperfeição; também está entre a mortalidade dos homens e a imortalidade dos deuses (202,d). Da análise de tais características, conclui-se não ser ele um deus, pois, caso o fosse, seria bom, belo e partícipe da bem-aventurança própria dos deuses. Trata-se, antes, de um *dáimon*, que funciona como um intermediário entre os deuses e os homens (202,e). Essa característica pode ser vista como uma espécie de rebaixamento (não nos esqueçamos que os discursos anteriores viam Eros como um deus, o que motivou mesmo Fedro a sugeri-lo como tema dos discursos), sem contudo, retirar-lhe a importância. Essa característica de intermediário faz o amor ocupar o papel de preenchedor do abismo que separa o mundo dos mortais (homens) do mundo dos imortais (deuses), tratando-se, dessa maneira, de mundos incompatíveis, retomando as explicações míticas fornecidas pela mitologia grega de um modo geral. Em suma, a função do amor é manter unidos mundos diversos: "o elo intermediário entre os deuses e os mortais" (202,e); "ele preenche esse intervalo, permitindo que o Todo se ligue a si mesmo" (203,a).

Com base nessa posição intermediária de Eros, pode-se relacionar o amor ao conhecimento. Os deuses, importante frisar, não aprendem, pois já possuem o conhecimento. Os tolos e os ignorantes, por sua vez, não aspiram ao conhecimento, via de regra por acharem que já o possuem. Dessa forma, apenas aquele que ama a sabedoria aspira ao conhecimento, pois tem consciência de que não sabe, sentindo a necessidade de conhecimento. O amante da sabedoria é justamente o filósofo, consoante indicação etimológica do próprio termo. O filósofo ocupa, assim, um lugar intermediário entre a sabedoria e a ignorância, estando e mostrando-se, justamente por isso, sempre ávido por adquirir a sabedoria (204,a-b).

Logo em seguida, Sócrates explica o quanto Eros simboliza a ânsia da beleza e a busca do homem pela felicidade (eudaimonia) (204,d-205,a). O amor desempenha, desse modo, papel fundamental na ética platônica, posto que por ele se indica a busca pelo belo e pelo bem/bom[38] (e não apenas a outra metade de nosso ser, conforme explicação fornecida anteriormente por Aristófanes). Além disso, é por ele que o homem alcança a imortalidade, em um sentido muito próprio e diverso da imortalidade própria dos deuses. Do ponto de vista meramente físico, é a geração dos filhos que constitui uma continuidade dos pais, uma perpetuação que vai além da existência física deles. A reprodução também se dá no nível imaterial (209,a). Nas precisas palavras de Jaeger (1995, p. 741),

---

38 "O belo e o bom não passam de dois aspectos gêmeos de uma única realidade, que a linguagem corrente dos Gregos funde numa unidade, ao designar a suprema arete do Homem como 'ser belo e ser bom'. (...) E neste 'belo' ou 'bom' da *kalokagathia* apreendida na sua essência pura que temos o princípio supremo de toda vontade e conduta humanas, o último motivo que age por uma necessidade interior e que é ao mesmo tempo o fundo determinante de tudo o que sucede na natureza" (Jaeger, 1995, p. 745).

todo o eros espiritual é procriação, ânsia de cada um se eternizar a si próprio numa façanha ou numa obra amorosa de criação pessoal que perdure e continue a viver na recordação dos homens. Todos os grandes poetas e artistas foram procriadores deste tipo e o são igualmente, no mais alto grau, os criadores e modeladores da comunidade estatal e doméstica.

A ânsia e a busca indicadas no parágrafo anterior, todavia, iniciam-se, em regra, de um ponto de partida, qual seja, a contemplação da beleza física – a princípio, o amor está dirigido a um belo corpo (210,a). Com o amadurecimento, o foco passa de um belo corpo para os belos corpos de maneira geral (210,b) e, em seguida, para as belas ações e os belos conhecimentos. Posteriormente, desenvolve-se a capacidade amar a beleza das almas, o que desperta o interesse por noções que tornam as pessoas melhores, bem como as instituições. E na abundância de seu amor, o amante, aquele que ama, produz sentimentos e ideais belos e magníficos (210,d). Essa ascese é resumida logo adiante no diálogo (211,c), concluindo-se que seu ponto final é justamente o próprio conhecimento do belo e a contemplação do belo em si mesmo, cujo exercício demonstra ao homem que "vale a pena viver" (211,d). No entanto, não nos descuidemos de diferenciar "o Belo em si mesmo, simples, puro e sem mistura" da "beleza maculada pela carne, por cores e mil outras futilidades perecíveis" (211,e). Verificamos, assim, uma verdadeira descrição da ascese do amor segundo Sócrates – personagem do diálogo que estamos a analisar sucintamente.

A referida ascese possui relevância que transcende ao diálogo O *Banquete*, uma vez que, conforme discorreremos nas notas conclusivas, ela moldou a história do amor no Ocidente, quer por indicar as concepções mais generalizadas em torno dele, quer por abrir o caminho para a concepção do amor como valor supremo, segundo concepções próprias do Cristianismo.

Ocorre, porém, que o diálogo não termina em seu ponto culminante – o discurso central, e em certa medida conciliador, de Sócrates, que é cumprimentado por todos, com a exceção de Aristófanes. Antes, seu término se dá com a chegada de Alcibíades[39], uma figura polêmica na história da Grécia antiga, que, estando bastante embriagado e liderando um grupo de ébrios, ingressa na casa onde se realiza o simpósio, fazendo-o, contudo, também por meio de um discurso. Esse discurso que finaliza a obra exemplifica, em larga medida, o que havia sido afirmado por Sócrates, corroborando, desse modo, o mestre que, embora não apresentado como tal, desempenha essa função. Alcibíades faz um discurso dirigido diretamente a Sócrates, cujas palavras "comovem os homens, por serem divinas" (215,c), alcançando o mesmo efeito da ação de um flautista.

---

39 Segundo Tucídides, em sua *História da Guerra do Peloponeso*, o povo ateniense desconfiava de Alcibíades, notadamente após o fracasso da expedição militar realizada com a finalidade de conquistar a Sicília. Alcibíades foi o responsável por convencer a assembleia democrática, o que fizera ao refutar os argumentos tecidos pelo oligarca Nícias. Não nos esqueçamos de que a derrota militar da polis ateniense foi determinante para o fim do poderio e quase hegemonia de Atenas em face das outras cidades-estado gregas. Além disso, após o fracasso da expedição militar, Alcibíades abrigou-se em Esparta – o que pode ser visto como ato de traição. Essas e outras passagens da vida de Alcibíades revelam seu caráter instável e volúvel, o qual será explorado por Platão no diálogo.

Para os observadores/leitores atentos, o que chama a atenção é o fato de Alcibíades, considerado por muitos o mais belo dos jovens gregos, amar justamente a Sócrates, um homem não dotado de beleza física. O próprio Alcibíades expressa sua enorme confiança em seus atrativos pessoais (217,a), razão pela qual se vê obrigado a justificar a recusa de Sócrates, a quem passa a comparar a uma daquelas figuras de sileno existentes nas oficinas dos escultores gregos – tais figuras, ao serem abertas, revelam-se repletas de esculturas de deuses (215,b). Eis o segredo de Sócrates, conhecido apenas por aqueles com algum tipo de propensão de "amor à sabedoria". É para esse tipo de beleza que devem ser vertidas as orações, conforme advertido no final do Fedro (279,b-c). De qualquer forma, o direcionamento do amor de Alcibíades a Sócrates ilustra o que este havia dito há pouco: procura ele no mestre justamente aquilo que lhe faltava – o pendor da verdadeira Filosofia. Nas palavras de Jaeger (1995, p. 748),

> *é indubitável que Alcibíades queria ser discípulo de Sócrates, mas a sua natureza não o deixa separar-se de si próprio. O eros socrático ardeu na sua alma por momentos, mas não chegou a atear nela uma chama permanente.*

O próprio Alcibíades parece ter ciência de se encontrar escravizado por uma atração irresistível que revolve e tumultua sua alma (215,e), referindo-se a si mesmo como alguém encantado, arrebatado, comovido, enlouquecido e transportado (215,c-d; 218,b). Não olvidemos, contudo, que também Sócrates encontrava-se com constância "na caça da beleza de Alcibíades" (Protágoras, 309,a), mas tal busca diferenciava-se por não visar tão somente à dimensão física. Eis o que motivou Sócrates a adverti-lo no sentido de que "os olhos do espírito só começam a ver com acuidade quando os do corpo entram a enfraquecer, o que ainda está longe de passar-se contigo" (219,a). Apesar da advertência, Alcibíades não se refreia nos elogios dirigidos a Sócrates, ressaltando as virtudes da sabedoria, coragem e temperança nele existentes – por consequência, tratava-se de um homem justo. Ademais, a originalidade de Sócrates é incomparável, tanto entre os varões contemporâneos como com relação aos do passado, o mesmo ocorrendo em relação às suas palavras (221,d). Por fim, os discursos de Sócrates, quando devidamente entreabertos, revelam sério, rico e divino conteúdo, neles sendo encontrado "tudo o que precisa ter em mira quem deseja tornar-se bom e nobre". (222,a). Ao final do discurso, os demais riram de Alcibíades, reconhecendo nele uma fraqueza – estar apaixonado por Sócrates. Entretanto, deixemos de lado qualquer consideração acerca de eventual problema entre Platão e Alcibíades pela disputa da preferência de Sócrates.

O que se extrai, porém, da obra platônica sob análise, muito mais que a mera descrição dos discursos proferidos (o que corresponderia a uma análise bastante superficial), é que, conforme já afirmamos, as concepções acerca do amor no Ocidente são, em muito, moldadas (ou ao menos balizadas) pelo que é exposto n'O *Banquete*. São balizas de nossas concepções que podemos apontar no referido diálogo:

1. O amor como caminho para se atingir um valor (ou valores) supremo – a beleza e a bondade mais elevadas, a verdadeira virtude – o direcionamento ao que é puro e eterno, o "colaborador mais excelente para a natureza humana" (212,b). Isso é possibilitado pela transcendência da beleza física à beleza

da alma, o que gera uma alteração da dimensão ontológica do objeto amado, que passa a ser espiritualizado. Em outras palavras – e aqui retomamos uma questão constante no pensamento platônico –, caminhamos do sensível ao inteligível.

2. O desejo sexual, longe de ser abolido, pode ser concebido como o início do caminho anteriormente apontado – eis a indicação realizada no sentido de que tudo pode se iniciar pela admiração de um belo corpo. Não há, desse modo, extirpação do desejo erótico (no sentido que atribuímos a este vocábulo em nossos dias), mas, sim, o aprimoramento, o refinamento dele (211,c).
3. Há uma correlação entre amor e imortalidade. O amor é uma das formas de participação da natureza mortal na eternidade, é uma forma de subsistência da vida à morte (207,a). Em outras palavras, o amor, por meio da procriação, prolonga nossas existências materiais extremamente limitadas. E não nos esqueçamos de que há a procriação física – os filhos –, mas também, por parte dos "fecundos na alma", a procriação por meio do espírito – as obras e os pensamentos (209,a).
4. Há uma correlação entre o amor e a beleza, sendo esta despertada por aquele. A beleza é a "parteira da geração" (206,d), irradiando o poder divino da criação. "Amar é gerar na beleza" (206,d). Com a procriação, ademais, o homem mortal participa na imortalidade, conforme discorrido no item anterior. No entanto, não nos descuidemos: "nem todo amor é belo e merecedor de encômios" (181,a).
5. O amor é, em sua origem, condicional, quer se pense na busca da "outra metade"[40], conforme exposição de Aristófanes, quer

40 Expressões metafóricas como "a metade da laranja" e "a tampa da panela" expressam, no fundo, a concepção de completude.

se pense na carência que lhe é característica em virtude de sua origem, consoante o mito narrado por Sócrates.

6. O amor tende a nos tornar inteiros, completos. Neste ponto, ressaltamos aquilo a que já nos referimos anteriormente: os mitos narrados por Aristófanes e por Sócrates transmitem, cada qual à sua maneira, a função do amor em nos completar, seja em vista do encontro de nossa metade perdida ou do reconhecimento no amado daquilo que nos falta, daquilo do qual somos "eternamente" carentes.
7. O amor é, dada sua origem, insaciável. Quer o pensemos como originado na perda (conforme mito narrado por Aristófanes), quer como originado na falta (conforme concepção de Sócrates), o fato é que ele é alimentado pelo desejo. Se esse desejo fosse plenamente satisfeito, viveríamos em um estado de completude que seria nossa fatal perfeição – eis o dilema trágico de todo amor entre pessoas, não havendo solução para ele.
8. O amor é filósofo: ciente de sua ignorância, está na busca incessante do que sabe lhe faltar (203,d-204,a). Daí a verificação de que, em uma relação amorosa, o amante (aquele que ama) deseja sempre conhecer com a maior profundidade possível o amado (o objeto do desejo amoroso), em busca daquilo que transcende ao sensorial. Quanto maior a ciência da ignorância, mais consciente e mais bem orientada é a forma de se procurar saná-la. Por isso, a forma de viver o amor é decorrência direta de como ele (enquanto busca, enquanto falta, enquanto tentativa de transcendência) é compreendido. As formas totalmente contrárias de como Sócrates, de um lado, e Alcibíades, de outro, vivem o amor são consequências diretamente proporcionais da forma como cada um deles compreende o sentimento amoroso. O comedimento de Sócrates, plenamen-

te ciente da natureza dual e contraditória do amor, é contraposto à pouca propensão de Alcibíades em filosofar sobre "amor à sabedoria" e a tentativa de se ver além das aparências, além daquilo que pode ser conferido pelos sentidos.

9. O amor é uma ponte entre o mundo humano e o mundo superior, ou mundo dos deuses, diriam os gregos. Não se trata, porém, de misturar deuses e homens, de natureza irreconciliáveis, mas de colocar em contato os dois mundos (202,e). Transposto ao pensamento filosófico, não falamos em deuses como seres ou entidades superiores, mas em formas inteligíveis, princípios metafísicos da realidade.
10. O amor é o caminho para a felicidade – eudaimonia (etimologicamente, o estado decorrente da associação a um bom *dáimon*) –, quer por ser força motriz de buscar o que nos falta, quer pensado como restabelecedor da completude, da unidade originária, segundo o discurso de Aristófanes (204,e; 205,d).

Portanto, é possível concluir e afirmar que, ainda que insaciável, o caminho percorrido do sensível ao inteligível gera a estabilização do desejo. A beleza transcendente, nessa medida, redimensiona o amor na vida humana. Outrora apegada às coisas transitórias e cambiantes, no seu fluxo inexorável dos desejos, a alma caminha errante e, apegada ao que é ilusório, tem por objeto erótico a fixação em uma beleza também cambiante e mutável. Somente a transcendência poderá salvá-la, pois apenas por ela chega-se à beleza suprema, que não se confunde com as instâncias sensíveis que dela participam.

Por outro lado, as colocações até aqui feitas comportam uma importante ressalva: nenhum discurso, por mais articulado que seja, por maior que seja seu compromisso para com a verdade, é capaz de descrever o belo absoluto, a beleza em si. Recorrer a dados sensíveis durante o discurso – sendo o discurso também um dado de natureza sensível – tem a função de simbolizar o objeto inteligível. Não estamos falando, entretanto, de uma experiência totalmente irracional ou totalmente apartada da racionalidade, mas de uma experiência suprarracional – isto é, que pressupõe a inteligência e a transcende. E aqui também encontramos uma das chaves para a harmonia entre a discussão dialética e a argumentação alegórica (esta realizada por meio de mitos). Daí a correta colocação de Platão como "autor dos mitos filosóficos".

O conjunto das múltiplas características de Eros é que torna o discurso de Sócrates o núcleo do diálogo, uma vez que os demais convergem a esse discurso. É assim que, segundo Victor Sales Pinheiro (op.cit., p. 60-61),

> *Eros combina a carência de Apolodoro, a subserviência de Aristodemo, o egoísmo de Fedro, a sagacidade de Pausânias, a terapêutica de Erixímaco, a poesia sofística de Agatão, mesmo a comicidade de Aristófanes. O Eros de Diotima é, ainda, tragicômico, une os polos antitéticos da carência (Pênia), enfatizado no discurso de Aristófanes, e da abundância (Poros), tratado na fala do poeta trágico Agatão (...). A natureza ambígua de Eros, fruto de sua ascendência antinômica, soa como um provocante retrato emocional e psicológico do estado apaixonado do homem, tal como o vivamente exposto por Alcibíades, no final do diálogo.*

Dessa forma, dada a impossibilidade de teorizarmos de modo satisfatório sobre o amor absoluto, ainda que para tanto venhamos a nos valer da construção de um minucioso e cuidadoso discurso (logos) racional e filosófico, apegar-se às linhas ou balizas gerais e atentar-se aos mitos mostra-se um passo importante nesse intento inglório. Platão, com sua perspicácia ímpar, certamente deu-se conta disso e, por isso, uniu à sua dialética a linguagem figurativa e alegórica dos mitos. Eventuais teorizações que se seguiram esbarraram – e continuarão a esbarrar – na impossibilidade apontada. Daí a grande valia de verificarmos como as exemplificações artísticas, notadamente as literárias, contribuem para sanar as lacunas oriundas da impossibilidade que ora apontamos, na esteira do que fizera o mestre Platão. Eis o objeto – agora justificado – do capítulo que se segue. Posteriormente ao capítulo ilustrativo que se seguirá, as 10 características previamente apontadas serão reanalisadas sob a somatória da teorização platônica em conjunto com as ilustrações provenientes da arte. A conclusão deste trabalho também tratará de verificar, de alguma forma, questões atinentes a tais características.

estamos habituados a ver os poetas ocupados sobretudo em descrever o amor. Ordinariamente, é esse o tema principal de todas as obras dramáticas, trágicas ou cômicas, românticas ou clássicas, seja na Índia, seja na Europa; e do mesmo modo, o amor é o mais fecundo de todos os temas na poesia lírica e na poesia épica; isso sem contar o grande número de romances que, há séculos, são produzidos todos os anos nos países civilizados da Europa, tão regularmente quanto os frutos da terra. Todas essas obras, em essência, não são outra coisa que descrições variadas, resumidas ou mais desenvolvidas, dessa paixão à qual nos referimos. As mais perfeitas, Romeu e Julieta, Nova Heloísa, Werther, alcançaram glória imortal. Dizer, como o fez La Rochefoucauld, que o amor apaixonado é como os fantasmas de que todos falam, mas que ninguém viu, ou, então, contestar como Lichtenberg no seu Ensaio sobre o poder do amor, a realidade dessa paixão e negar que seja conforme à natureza é cometer um grande erro. Pois é impossível que seja um sentimento estranho ou contrário à natureza humana – uma pura fantasia – isso que o gênio dos poetas vem incansavelmente tematizando através dos tempos, e acolhido pela humanidade com inalterável interesse, já que sem verdade não pode haver arte completa.

(Schopenhauer, Metafísica do Amor)

RAPSÓDIAS – A LITERATURA, A ÓPERA, O CINEMA E AS HISTÓRIAS NOTÁVEIS

Teorizado o Amor de forma abrangente e percuciente – com as limitações que lhe são próprias e que apontamos à exaustão – as construções teóricas posteriores em torno do tema são, em grande medida, leituras, releituras e adaptações daquilo já enunciado, explícita ou implicitamente, por Platão, sobretudo em sua obra *O Banquete*. Por isso, pode-se afirmar, sem receio de equívocos, que as teorizações posteriores são uma variação sobre o tema, ou, valendo-me da expressão cunhada por Alfred Whitehead, constituem-se "notas de rodapé à filosofia de Platão". O mesmo, entretanto, não se pode afirmar sobre as ilustrações ou exemplificações daquilo que fora teorizado.

As diversas variantes concretas daquilo que se teoriza servem para justificar a criação dos modelos teóricos, cuja riqueza está justamente no fato de conseguirem, por meio da abstração e da aparente simplificação, abarcar em seu conteúdo possibilidades, a princípio, inumeráveis. Eis o motivo pelo qual o quase esgotamento da teorização não redunda no esgotamento da exploração e exibição das possibilidades concretas, sempre cambiantes e atreladas a aspectos circunstanciais que acabam por dar novas nuances à teoria. Ademais, nas palavras de Abelardo (2005, p. 79), justamente um dos personagens deste capítulo, "às vezes, os exemplos mais que as palavras excitam ou acalmam os sentimentos humanos". Penso justificar, desse modo, tanto que grandes histórias e romances sejam mantidos no cânone da literatura sobre o amor como também o surgimento de tantos outros.

As histórias de amor, importante frisar, valem não apenas pelo seu conteúdo – certamente, o aspecto mais relevante –, mas também pela forma, sendo que muitas vezes esta é o determinante do conteúdo e, ainda, o fator gerador de eficácia na obtenção dos objetivos visados pelos autores. Teatro (no qual se compreende a magnífica tragédia grega), poesia, romance em prosa, música e cinema são as formas habituais nas quais são inseridos os conteúdos das histórias de amor. Destaco, porém, que a ópera lírica (espécie do gênero música, do qual sou amante confesso) é uma forma especial de expressão das histórias de amor, sobretudo por reunir, em uma única espécie artística, música, teatro e literatura, em um todo que é maior que a somatória das partes. O cinema também apresenta essa possibilidade, mas frisa-se que se trata de uma possibilidade, e não de uma necessidade. Essas formas artísticas ou formas estéticas merecem destaque não apenas pela instanciação da beleza que realizam, mas também pelo fato de que a contemplação estética constitui-se uma forma privilegiada de conhecimento das coisas no mundo, competindo com o conhecimento científico e com o filosófico, mas certamente superando ambos no quesito "entrar na alma". Em outras palavras, muito mais que a demonstração científica, a exposição concatenada de cunho filosófico ou as explicações fornecidas por teorias, sejam quais forem sua natureza, a contemplação estética certamente tem o poder de tornar-se um lenitivo em meio às agruras e à aridez da vida. A arte deve ser vista, ademais, não apenas como um mero diletantismo ou passatempo, mas como verdadeira cartografia da alma humana e do mundo no qual ela está inserida. Em outras palavras, a arte, em especial em matéria amorosa, é um retrato da alma. Conforme afirmado por Schopenhauer (2011, p. 80), "não é apenas nos romances que existem Werther e Jacobo Ortis".

Não parece haver dúvida, porém, de que "o amor é absolutamente indissociável da literatura amorosa" (Calligaris, 2013), por meio da qual aprimoramos o ato de amar e de declarar o próprio amor, sem desconsiderar que, enquanto sentimento, o amor fortalece-se a partir das palavras que sobre ele expressamos – as declarações de amor teriam, desse modo, tanto a função de convencer o outro de nosso sentimento como também de nos convencer acerca daquilo que sentimos ou achamos sentir.

Dada a inviabilidade de serem recordados e referidos todos os principais romances e histórias acerca do nosso tema, pois "nada mais difícil de definir do que as obras de arte – seres misteriosos cuja vida imperecível acompanha nossa vida efêmera" (Rilke, 2013, p. 79), passemos à indicação e à breve menção (e não à análise pormenorizada, o que não seria comportado neste espaço) de alguns deles que, sob nosso ponto de vista, são, de alguma maneira, emblemáticos, canônicos ou clássicos[41]. Iniciemos, não por acaso, com a história de Abelardo e Heloísa (início do século XII)[42]: temos o romance de Abelardo e Heloísa como a mais bela das histórias de amor, no que parecem ter acertado os franceses em nomeá-los "santos patronos dos amantes". Em seguida, passemos à menção de alguns romances e óperas. Para aqueles que veem em tais histórias meras narrações, contos não verídicos, algo sem qualquer lastro na realidade que vivenciamos, apresento como refutação a esse pensamento a curta e contundente frase encontrada em Jane Eyre: "há grãos de verdade nas fábulas mais absurdas". Isso, aliás, serve também de justifica-

---

41 A definição de uma obra como canônica ou como um clássico apresenta as mais diversas controvérsias, não se podendo falar de um sentido uniforme para tal definição. Entendemos plausíveis, entretanto, as 14 colocações feitas por Ítalo Calvino (1993, p. 9-16) para fins de uma possível definição a respeito, com destaque aos pontos segundo os quais "toda releitura de um clássico é uma leitura de descoberta como a primeira" e "um clássico é um livro que nunca terminou de dizer aquilo que tinha para dizer". Da mesma forma, não temos como objetar que, além dos clássicos de um modo geral, temos, todos nós, nossos próprios clássicos, sobre o que afirma Calvino: "O 'seu' clássico é aquele que não pode ser-lhe indiferente e que serve para definir a você próprio em relação e talvez em contraste com ele".

42 Os dados relativos à história de Abelardo e Heloísa podem ser mais bem pesquisados na autobiografia de Abelardo (*A História das Minhas Calamidades*), bem como nas cartas trocadas entre eles. Valemo-nos, contudo, para redação do parágrafo, da síntese apresentada na obra *Como os franceses inventaram o amor*, de Marilyn Yalom (2013).

tiva adicional aos comentários já apresentados com relação às narrativas mitológicas que, bem mais que as histórias retratadas em romances, tratam de situações que, em muitas vezes, beiram ao absurdo e à total falta de verossimilhança.

Deve-se, porém, nesse momento, abrir parênteses para ser apresentada uma justificativa pela não indicação no pequeno rol que se seguirá da peça Romeu e Julieta, certamente a mais lembrada de Shakespeare e, para muitos, o símbolo do amor. A beleza da história dos jovens de Verona está fora de discussão. No entanto, ocorre que as vicissitudes do relacionamento por eles experimentadas são típicas do mundo adolescente, no qual as barreiras encontradas não são da mesma grandeza e profundidade características do mundo adulto, que, por vezes, já sedimentado em muitos aspectos, desencantado e opressor – o trabalho, a família, os deveres, as convenções sociais, os próprios relacionamentos e a reflexão que tende a conduzir ao pessimismo. É somente em meio ao mundo adulto que os relacionamentos amorosos surgem como um foco de luz e esperança e, ao mesmo tempo, de escuridão e desesperança – no mundo adolescente, "colorido" por sua própria natureza, os relacionamentos são vistos e pintados pela luz própria da tenra idade, das ilusões ainda não perdidas, de corações ainda não destruídos. Na precisa análise de Bloom (2003, p. 45), "Romeu e Julieta é um esplêndido poema lírico, mas é tragédia de circunstância; nada no próprio caráter de Julieta conduz à catástrofe". Também, nas precisas palavras de Rilke (2013, p. 100-1),

Amar também é bom, porque o amor é difícil. O amor de um ser humano por outro é talvez a experiência mais difícil para cada um de nós, o mais superior testemunho de nós próprios, a obra absoluta em face da

> *qual as outras são apenas ensaios. (...) É por isso que os seres bastante novos, novos em tudo, não sabem amar e precisam aprender. Com todas as energias do seu ser, reunidas no coração que bate inquieto e solitário, aprendem a amar. Toda aprendizagem é uma época de clausura. (...) Quando o amor aparece, os novos apenas deveriam enxergar nele o dever de trabalharem em si próprios. A faculdade de nos perdermos noutro ser, de nos entregarmos a outro ser, todas as formas de união, ainda não são para eles. Primeiro é preciso ajuntar muito tempo, acumular um tesouro.*

Não se quer, com isso, negar a possibilidade de existência do amor entre os jovens, em especial entre Romeu e Julieta; quer-se apenas reforçar que aquelas características do amor-paixão não se fazem contundentes, marcantes e determinantes do destino dos amantes, até porque não são testadas e julgadas pelo maior de todos os juízes: o tempo.

ABELARDO E HELOÍSA – O AMOR QUE RESISTE ÀS CIRCUNSTÂNCIAS, ATÉ O FIM

Fonte: Wikimedia Commons

Abelardo (1079-1142) era um renomado professor, talvez o mais popular de seu tempo, sendo também um erudito, filósofo e pregador – os vínculos entre a cultura formal e a Igreja eram indissociáveis no período medieval. Heloísa (1090-1164) era sobrinha e pupila de um cônego da igreja de Paris, de nome Fulberto, sendo conhecida por sua inteligência muito acima da média, em especial se considerarmos a condição da mulher na Idade Média; Heloísa dominava as línguas latina, grega e hebraica. Tornaram-se amantes no inverno de 1115-

1116. Antes de se conhecerem, ele era adepto do celibato, o que, de certo modo, explica tanto a força avassaladora como a paixão o atingiu quanto a confiança que Fulberto, tio de Heloísa, lhe depositou. O trabalho de Abelardo passou a ser afetado negativamente pelo tempo e esforço despendido em seu envolvimento amoroso com Heloísa, de cujo relacionamento o tio dela não pôde mais continuar alheio, não apenas por conta dos rumores, mas também em virtude da gravidez de Heloísa. Assim que Abelardo foi comunicado por Heloísa de sua gravidez, ele planejou retirá-la, às escondidas, da casa do tio, logrando êxito em fazê-lo e enviando-a a Le Pallet (terra natal dele). Posteriormente, Abelardo combinou com Fulberto o casamento, sobretudo visando a esconder a desonra que recaíra sobre a família deste. Como condição para o casamento, entretanto, foi avençado que ele seria mantido em segredo.

Não se deve perder de vista que não era vontade de Heloísa casar-se, muito provavelmente por entender que o casamento atrapalharia a carreira do marido e, ainda, poderia minar o amor existente entre eles. Nas palavras do próprio Abelardo,

> *seria mais, e mais honroso para mim [para ele, Abelardo], ser ela chamada de minha amante antes que de minha esposa, a fim de que ela me conservasse só pelo seu encanto e não devido à força do laço nupcial. E ela afirmava que as alegrias que havíamos de conhecer nos nossos encontros após breves separações seriam tanto mais deliciosas quanto mais raras.*

Após o casamento, entretanto, o tio e outros familiares de Heloísa não cumpriram o prometido e passaram a divulgar o matrimônio, motivo pelo qual Abelardo a enviou para a Abadia de Argenteuil (a mesma onde ele havia sido educado na infância). Esse ato foi interpretado pelo tio da moça como uma tentativa de o marido livrar-se dela, o que motivou um plano de vingança bem executado: a mando de Fulberto, Abelardo foi emasculado. Essa mutilação, contudo, não impediu os amantes de viverem como marido e mulher aos olhos da Igreja, até porque já eram casados (a anulação do casamento somente seria possível se não tivesse ocorrido a consumação do matrimônio). Contudo, Abelardo preferiu mandar Heloísa ao convento e fazer votos religiosos, como ele também fizera como monge. Ele servia na Abadia de Saint-Denis e ela no convento de Argenteuil. Permaneceram distantes por cerca de 15 anos, sem que a paixão de Heloísa tenha se esfriado. Em uma das cartas enviadas a ele, ela se questionava:

> *Diga-me, se puder, depois que entramos para a vida religiosa, o que foi uma decisão apenas sua, por que fui abandonada e esquecida por você? (...) Eu lhe direi o que penso, e o que na verdade o mundo desconfia. Era desejo, e não afeto, o que uniu você a mim, era a chama da concupiscência, e não amor.*

A sensação de abandono por ela experimentada, entretanto, não afastou seus pensamentos de Abelardo, a quem dirigiu, em carta, as seguintes palavras: "Em toda minha vida, sabe Deus, foi tu, e não Ele, quem eu temi ofender, foi tu, em vez Dele, que procurei agradar".

Em 1144, Abelardo morre, sendo enterrado em Paraclete; Heloísa se juntou a ele cerca de 20 anos depois. Os restos mortais de ambos foram transferidos, no século XIX, para o mais famoso cemitério de Paris, o Père-Lachaise, sendo colocados em um daqueles túmulos famosos pelos visitantes que os frequentam diariamente, decerto movidos não apenas pela curiosidade turística, mas pela crença de ali receberem uma inspiração ou bênção para o amor. Por certo, "o grito apaixonado de Heloísa ecoou através dos tempos. Ela fala a todas as mulheres que amaram sem reservas e, depois, perderam aquele a quem amavam" (Yalom, 2013, p. 16).

O que mais chama a atenção na história de Abelardo e Heloísa é a persistência de um amor que não cedeu às diversas adversidades enfrentadas – algo bastante raro em nossos dias. Por amor, Abelardo inicialmente renega seus votos de castidade, Heloísa ingressa em uma ordem religiosa, pois, desse modo, não apenas atenderia a um pedido do amado, como também manteria viva a possibilidade de que eles voltassem a se ver, ainda que em circunstâncias bastante diversas. Ambos, agora ordenados, precisariam fazer valer seus votos e manter vivo o amor de um pelo outro, em segredo e em castidade. Já haviam rompido com diversas convenções sociais – o que tinha um peso enorme na sociedade medieval, repleta de preconceitos, imbuída de uma religiosidade por vezes questionável –, pagando, por isso, um preço altíssimo: a separação, a distância do filho (que foi criado pela irmã de Abelardo), a emasculação de Abelardo, a vida bem diversa daquela pensada por Heloísa. Contudo, obtiveram êxito em manter vivo o amor que sentiam um pelo outro.

Em que pese a beleza da história, não há grandes versões para o cinema, sendo digno de nota o filme Em "Nome de Deus" (título original, *Stealing Heaven*), de 1988, dirigido por Clive Donner, tendo nos papéis principais os atores Derek de Lint, como Abelardo, e Kim Thomson, no papel de Heloísa.

ANNA KARIÊNINA – O NÃO SABER AMAR, O FINAL TRÁGICO

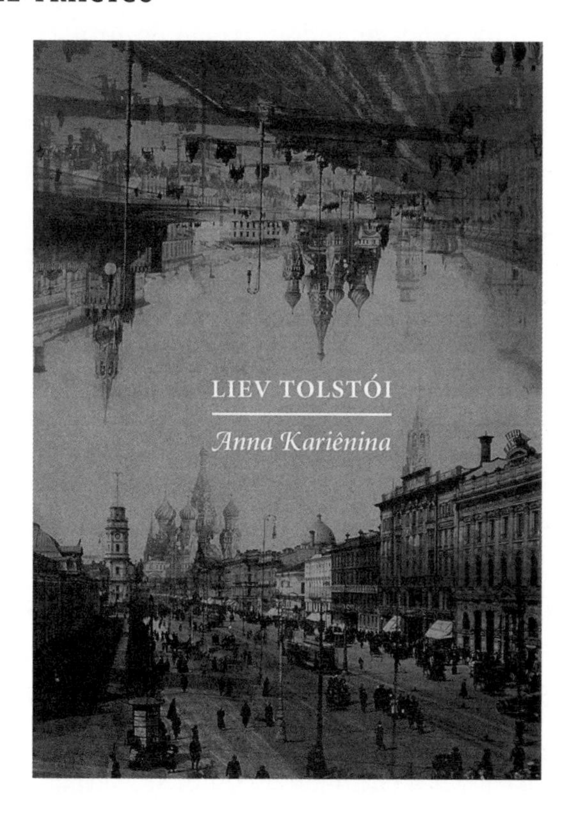

O romance *Anna Kariênina* (tradução de Rubens Figueiredo, Cosac Naify, 2005), escrito por Liev Tolstói (1828-1910) entre 1873 e 1877, inicia-se com uma daquelas frases literárias de efeito que nos fazem fechar o livro, interromper a leitura e refletir por horas a fio: "Todas as famílias felizes são parecidas entre si. As infelizes são infelizes cada uma a sua maneira". Essa frase inaugural, além da reflexão propiciada, retrata a crise na família Oblonsky quando Dolly, a esposa, descobre que seu marido tem como "amante" a preceptora francesa dos filhos do casal. Anna Kariênina, irmã do Sr. Oblonsky e casada com um alto oficial da Rússia, chamado Kariênin, tentará e conseguirá reconciliar o casal. No início da história, ao chegar de uma viagem de trem, quando o irmão de Anna vai buscá-la na estação ferroviária, encontra o tenente Vronsky – que está à espera de sua mãe que, coincidentemente, viajou na mesma cabine de Anna – e ocorre o primeiro contato entre ela e Vronsky, o qual, como tantos outros, se fascinou pela beleza e pelo espírito de vitalidade dela. Contudo, antes que eles deixassem a estação, um guarda ferroviário é atropelado e morto por um trem que estava passando (não um mero fato, mas um prenúncio de desgraça). Diante dos apelos de Anna, Vronsky deixa 200 rublos para a viúva do guarda.

No mesmo dia, Oblonsky encontra seu amigo, Constantine Liêvin, que acabara de chegar de sua propriedade rural. Liêvin é um proprietário de terras, socialmente desajeitado, mas de coração generoso, intelectual e filósofo prático. Dadas suas pretensões de sinceridade e de ter uma vida produtiva, demite-se do seu cargo no governo local, livrando-se, assim, de uma vida considerada por ele inútil e burocrática. Ele está na cidade para ver a cunhada de Oblonsky, Kitty Shcherbatskaya, por quem é apaixonado. Kitty, porém, demonstra estar apaixonada por Vronsky que, por sua vez, demonstra desde o início um interesse repentino por Anna.

A desilusão amorosa de Kitty Shcherbatskaya acaba manifestando-se em sintomas físicos, de modo que sua família decide mandá-la para uma estação de águas na Alemanha visando à recuperação da saúde. Posteriormente, Liêvin a visita, e Dolly sugere que ele proponha casamento a ela, o que de fato ocorre quando ele percebe que ainda a ama.

Após retornar a São Petersburgo, Anna reencontra Vronsky em algumas ocasiões, e percebe-se, então, uma certa correspondência ao interesse manifestado primeiramente por ele – já na viagem de retorno, Vronsky, que embarcara no mesmo trem sem o conhecimento de Anna, declara-se a ela: "Bem sabe que vou para estar junto da senhora. Não posso fazer outra coisa". Esse fato causa uma certa alegria em Anna, mas também preocupações,

> *Vronsky dissera, precisamente, o que Anna no fundo da sua alma desejava que ele dissesse, embora a sua razão receasse ouvi-lo. E não respondeu. Ele viu que na expressão dela se traduzia um sentimento de luta.*

Uma vez que Kariênin, seu marido, é um homem extremamente preocupado com as convenções e as aparências. Mesmo as advertências feitas por Kariênin não impedem que Vronsky e Anna mantenham o relacionamento extraconjugal; Anna chegou a engravidar, fato que se tornou público e notório em São Petersburgo, em prejuízo da carreira de seu marido. O casamento, então, se desfez.

Ocorre que, ao retornarem a São Petersburgo, Anna e Vronsky se dão conta que foram postos à margem da alta sociedade, especialmente ela. O isolamento causa em Anna prejuízos de ordem emocional e psicológica, em especial porque fora afastada de seu filho. Sem o marido, sem o filho e sem vida social, a ela resta Vronsky, sobre quem pendem dúvidas de um relacionamento com uma moça da alta sociedade, ao gosto da mãe dele, que via no relacionamento com Anna um fator de declínio social. Isolada de tudo e de todos, Anna decide dar cabo de sua vida, reconhecendo na situação vivida na estação ferroviária um prenúncio de seu fim. Suicida-se da mesma maneira, sendo tal ato precedido do pensamento de que sua morte seria a libertação de todos e uma causa de arrependimento a Vronsky ("há de chorar por mim, amar-me-á", "castigá-lo-ei e livrar-me-ei de tudo e de mim mesma"). A intenção de Anna, ademais, fora alcançada. Já nas últimas páginas do romance, Vronsky declara a Sérgio Ivánovitch (irmão de Liêvin): "Perdoe-me. Mas deve compreender que a vida me pesa. (...) O meu único mérito está em que a vida para mim nada mais significa (...) como homem não passo de uma ruína".

É importante frisar que o romance *Anna Kariênina* não se trata de uma mera narrativa longa. Antes, é um romance psicológico, motivo por que os "monólogos interiores", as reflexões, são constantes. Outro ponto que merece destaque é a rica descrição de hábitos e costumes, sobretudo dos padrões morais da alta sociedade russa da época.

À margem do romance entre Anna e Vronsky, o casamento entre Kitty e Liêvin também merece destaque, já que, por meio da descrição dele, são feitos apontamentos sobre a família, a busca da felicidade, as dúvidas existenciais, etc. Essas dúvidas bem ilustram as forças internas do indivíduo na busca da felicidade idealizada e no enfrentamento dos desafios que são superados ou, em vez disso, conduzem à derrocada. Nesse ponto, o romance certamente procura retratar a individualidade em meio ao coletivo, no que se distingue da outra obra-prima de Tolstói, *Guerra e Paz*, na qual as forças coletivas, a consciência de massa e as mudanças culturais históricas sobrepõem-se ao individual.

Os dois principais casais do enredo – Anna e Vronsky de um lado, e Liêvin e Kitty de outro –, ademais, cumprem a função de externar formas diferentes de amor e de realização nos relacionamentos amorosos. Anna certamente é a figura central e simbólica da história, sendo o título da obra propício neste aspecto, enquanto Liêvin é o seu herói, apresentando características e reflexões que expressam o pensamento do próprio autor que, tendo abandonado a religião ortodoxa oficial, da qual fora excomungado, optou por uma espécie de Cristianismo moral e mesmo místico.

Anna e Liêvin procuram o amor, mas por caminhos e modos diversos e, consequentemente, com resultados distintos.

O romance, pelo que consta, foi baseado em uma história real de adultério, também com resultado trágico, que em muito teria afetado Tolstói. Trata-se de um dos romances mais levados à tela do cinema, destacando-se as versões de 1935, 1948 e 1997 (com Greta Garbo, Vivien Leigh e Sophie Morceau, respectivamente, no papel principal). Certamente, o que motiva esse interesse em boas adaptações do romance às telas, ainda que às vezes sem a fidedignidade esperada, é a possibilidade de, por meio das histórias entrecruzadas, podermos questionar muito acerca do sentimento amoroso. As diferentes formas de se ver o amor, os diferentes meios de buscá-lo, a diversidade em colocá-lo em uma escala hierárquica em concorrência com outros valores de grandeza inestimável, a vinculação dele a outros conceitos, como fidelidade, família e convenções sociais, são questionamentos que a obra apresenta e para os quais, felizmente, não dá uma resposta pronta. Antes, o final do romance é uma incitação à busca da felicidade, ainda que mantida a vida sob o véu da incerteza. São as derradeiras palavras de Liêvin (nas quais se reconhece Tolstói falando por meio de um personagem):

> *Continuarei a rezar sem saber por que rezo. Que importa? A minha vida não estará mais à mercê dos acontecimentos, cada minuto da minha existência terá um sentido incontestável. Agora possuirá o sentido indubitável do bem que eu lhe sou capaz de infundir!*

Em suma, todas as características essenciais do sentimento amoroso (a alienação, o caráter corrosivo da realidade, a perene insatisfação, um certo grau de não correspondência, o caráter transitório e o caráter unificador do amor) encontram-se retratadas no romance *Anna Kariênina*, motivo pelo qual não hesitamos em elegê-lo o maior dos romances da literatura universal. Tolstói, por sua vez, é reputado por muitos como "o mais canônico de todos os romancistas do século 19, uma figura quase solitária mesmo naquela era imensamente rica de arte democrática" (Bloom, 1995, p. 327), sendo Anna Kariênina "sua personagem mais forte" (op.cit., p. 329).

Quanto a ser o amor o ponto central da obra, é emblemático o início do filme "Anna Kariênina", na versão de 1997. O personagem Liêvin sonha estar correndo em meio à neve e sendo perseguido por uma matilha de lobos vorazes. Corre e tenta se esconder, mas acaba por cair em um buraco, pleno de ratos, e que, não bastasse a altura suficiente para causar a morte, tem um urso no fundo. Agarrado a alguns galhos prestes a se romperem a qualquer momento, em meio ao precipício, profere a seguinte reflexão: "só há um medo maior que o medo da morte – é o medo de viver sem ter conhecido o amor". Declara ainda não estar sozinho na vivência desse medo que conduz à escuridão. Curiosamente, mas não por acaso, após a reflexão, aparece em meio às brumas a imagem de Anna Kariênina – talvez como síntese dessa busca pelo verdadeiro amor (Anna também é apontada como alguém que tem em si esse temor). Durante a cena, ecoam os primeiros acordes da sexta sinfonia de Tchaikovsky (também chamada "Patética"). A referida cena não consta no romance, mas bem traduz o sentimento gerado após sua leitura.

O MORRO DOS VENTOS UIVANTES – A JUNÇÃO DE AMOR E *HYBRIS*: EFEITOS NECESSARIAMENTE DEVASTADORES

O romance *O Morro dos Ventos Uivantes* (Landmark, 2012 – título em inglês *Wuthering Heights*), lançado em 1847, sobreviveu às duras críticas iniciais para se tornar o maior livro de ficção escrito por uma mulher – Emily Jane Brontë (que se valeu do pseudônimo Ellis Bell), falecida em 1848, aos 30 anos, uma das três irmãs Brontë (Anne, Emily e Charlotte). O livro, que não se enquadra na estética própria do romantismo nem na do realismo, fugindo por completo da tradição vitoriana de romance, tornou-se um clássico da literatura inglesa e universal, colocando a autora na lista de autores canônicos, embora tenha escrito unicamente este romance. Uma das melhores descrições da obra que conhecemos é a realizada por Harold Bloom (2003, p. 330): "*O Morro dos Ventos Uivantes* é uma grandiosidade solitária, surgida de uma experiência de vida que me deixa perplexo", "um romance ferino". Assim o é na medida em que não se explica, de forma eficiente, o que teria feito uma jovem mulher, filha de um reverendo (do qual não herdara qualquer ponta de Cristianismo), em uma época de domínio masculino do mundo, conseguir "estabelecer uma identidade interior de modo tão concreto" (op.cit).

Praticamente toda a história é narrada pela governanta Ellen Dean[43], testemunha ocular dos acontecimentos de mais de uma geração, ao locatário da propriedade Thrushcross Grange, Yorkshire, Inglaterra, enquanto ele se encontrava enfermo.

No início da trama, o patriarca da família Earnshaw faz uma viagem e traz consigo um pequeno órfão, de procedência desconhecida, com aparência de cigano. Trata-se de Heathcliff, para quem o patriarca dedica afeição especial, gerando sentimento de ciúme em Hindley, o filho legítimo. Para piorar esse sentimento, Catherine, irmã de Hindley, também se afeiçoa de modo especial ao órfão. Ocorre que, com a morte do senhor e da senhora Earnshaw, Hindley sujeita Heathcliff a condições humilhantes, o que certamente vai moldar a bruta personalidade deste. Em contrapartida, Catherine e

---

43 Personagem inspirada em uma empregada contratada pela família Brontë, de nome Thabitha.

Heathcliff apaixonam-se, o que, porém, não impede o casamento de Catherine com Edgar Linton, certamente ciente de que isso era mais conveniente pelo prisma das convenções sociais. Heathcliff decide partir do Morro dos Ventos Uivantes, retornando quando abastado economicamente, passando a despertar a atenção de Catherine e os ciúmes em Edgar Linton. Em meio ao turbilhão de sentimentos entre os personagens, Catherine dá à luz uma filha de Edgar, Cathy, mas morre em seguida.

Atormentado por tudo o que se sucedera, Heathcliff decide vingar-se. Primeiramente, casa-se com Isabella, irmã de Edgar, tendo com ela um filho, Linton. O casamento, entretanto, não se mantém. Hindley torna-se um viciado em jogos e bebida, acabando por perder todos os bens para Heathcliff. Em decorrência, Hareton, filho de Hindley, fica sem herança. Antes da morte de Edgar, Heathcliff casa Linton e Cathy; Edgar morre e deixa todos os seus bens, por meio de testamento, a Heathcliff, de modo que Cathy fica desprovida de quaisquer bens. Ela e Hareton Earnshaw, porém, formam, no final do romance, o único casal feliz da trama. Por fim, morre Heathcliff, que é enterrado, como último desejo, juntamente a Catherine. Muitos dos que passavam pela propriedade juravam ver um casal vagando pelas charnecas do Morro.

O entrecruzamento de personagens, os acontecimentos inesperados (certamente a morte de Catherine no meio do enredo é, de todos os acontecimentos inesperados, o mais marcante), a descrição de situações e os diálogos não impedem uma narração pulsante, antes, intensificam-na.

Heathcliff firma-se como herói à maneira byroniana, para o qual a intensidade da paixão constitui-se fator de destruição de si próprio e daqueles que estão ao seu redor[44]. Catherine Earnshaw, jovem de espírito livre e temperamento explosivo, oscila entre o amor que sente por Heathcliff, seu irmão de criação, e as convenções sociais, optando, ao final, por estas. Essas personagens centrais da história mostram-se inaptas no controle de emoções, totalmente passionais e de sentimentos intensos e paradoxais. Edgar Linton, em contrapartida, revela-se a antítese de Heathcliff, pois possui personalidade gentil e dócil, além de uma saúde frágil. Curiosamente, Cathy Linton, a filha de Catherine e Edgar Linton, ao final salva o nome dos Earnshaw e restabelece o equilíbrio perdido da história. É ela, e somente ela, quem ousa, em meio a uma de tantas situações conflituosas, enfrentar o temido Heathcliff, a quem dirige as seguintes palavras:

> *Ao senhor, Sr. Heathcliff, é que ninguém ama; e por mais infelizes que nos torne, teremos sempre a desforra de pensar que a sua crueldade deriva de sua desgraça, não é mesmo? Solitário como o demônio e invejoso como ele... Ninguém o ama, ninguém há de chorar pelo senhor, quando morrer. Não queria estar no seu lugar!*

---

44 Sobre isso, são ilustrativas e emblemáticas as atitudes e as palavras de Heathcliff quando toma consciência da morte de Catherine, que parecia ser antevista por ele: "Tomara que acorde em tormentos! (...) Pois faço uma oração... hei de repeti-la até que minha língua se paralise... Catherine Earnshaw, praza a Deus que não tenha descanso enquanto eu viver! Disseste que eu te matei... pois persegue-me agora com o teu fantasma!... Sei que a vítima persegue o seu assassino. E sei que andam almas penadas pela terra... Fica comigo para sempre... toma qualquer forma... enlouquece-me. Mas não me deixes neste abismo onde não te possa encontrar! Oh, Senhor! É inexprimível! Não posso viver sem a minha vida! Não posso viver sem a minha alma!".

A exemplo de outros clássicos da literatura, o romance *O Morro dos Ventos Uivantes* teve diversas adaptações ao cinema, sendo a mais célebre delas a de 1939, com Laurence Olivier e Merle Oberon nos papéis centrais, sob a direção de William Wyler (destacando-se que, nessa versão, é retratada apenas a primeira geração, o que, de certa forma, explicita o protagonismo da história desempenhado por Heathcliff e Catherine). Já na versão de 1992, com Ralph Fiennes e Juliette Binoche nos papéis centrais, a segunda geração se faz presente, sendo que Juliette Binoche interpreta os papéis de Catherine e Cathy. O anúncio do lançamento desta versão de 1992 era feito com os seguintes dizeres, em paráfrase: "O Morro dos Ventos Uivantes – um amor que destrói a tudo e a todos que passam pelo seu caminho".

O que se extrai acerca do amor nesta obra de Emily Brontë é, sobretudo, seu caráter destrutivo. Paixões doentias, a ferocidade dos protagonistas, os preconceitos explícitos ou dissimulados, as discriminações sociais que geram injustiças e choques emocionais irremediáveis, em suma, o lado obscuro da alma humana explicitado pelas cenas de irascibilidade e total desequilíbrio, povoam as páginas do romance de caráter sombrio e violento (violência psicológica), o que certamente explica a repulsa gerada pelo público inglês. Nele também encontramos todas aquelas características que apontamos como próprias do sentimento amoroso: a alienação da realidade é perfeitamente retratada pelo estado de loucura no qual se encontram os personagens principais, na medida em que os desencontros entre eles se sucedem; a insatisfação constante e o sentimento de angústia por ela gerado são retratados pelos desacertos nos relacionamentos – não apenas dos personagens principais, mas com reflexos nos relacionamentos secundários; a morte de Catherine é a comprovação empírica do caráter transitório de nossos relacionamentos; mas, certamente, é a sensação de frustração e a geração de um vínculo inquebrantável que fazem do amor dos personagens centrais o protótipo de amor-paixão destrutivo. O vínculo entre eles não é quebrado nem mesmo para a autopreservação, sendo mantido até mesmo após a morte dela (capítulo XVI). A este respeito, veja-se que a surpreendente morte da personagem central da obra não significa sua ausência. Antes, é justamente sua "presença" mesmo "após sua morte" que parece conduzir os atos de loucura de Heathcliff que não vê um ponto final para sua vingança, a qual ultrapassa gerações. Veja-se, por exemplo, o que sucede no capítulo XXIX do romance, quando Heathcliff confessa ter conseguido do coveiro que abrisse a sepultura e removesse a terra que cobria a tampa do caixão de Catherine. "Abri-o, e durante um momento pensei que também ficaria ali. Revi-lhe o rosto: ainda era ela!". É então que a governanta o adverte quanto a perturbar os mortos, ao que ele retruca: "Perturbá-la? Não! Ela é que me tem perturbado noite e dia, há dezoito anos, incessante e desapiedadamente... até ontem à noite". Tudo isso contribui para o estado sombrio e nebuloso da obra (a propriedade é descrita já no início da obra como sendo "o paraíso dos misantropos"), que ganha em vivacidade pela narrativa que consegue transpor o leitor (o verdadeiro leitor) ao clima do Morro dos Ventos Uivantes – os que verdadeiramente penetram na história sentem frio durante todas as noites da leitura da obra, bem como ouvem o vento uivar na janela do quarto. A barreira existente entre os personagens centrais parece jamais ter sido rompida, embora a percepção de que seria impossível rompê-la também não tenha levado à conclusão de uma possível, viável e salvadora separação. Os laços haveriam de ser mantidos, ainda que para isso também fosse mantido o vetor Amor/Sofrimento/Morte.

Em suma, se o amor que procuramos retratar ("éros") possui algumas características que ao menos o aproximam das outras formas de amor ("philía" e "agápe"), sua intensificação conduz, justamente, ao afastamento dessas outras formas. Em *O Morro dos Ventos Uivantes*, mais especificamente nos laços entre os personagens principais, esse distanciamento entre as diferentes formas de amor é praticamente absoluto, razão pela qual o caráter destrutivo das relações é a tônica do enredo, ou, em outras palavras, nele vemos o retrato do

> *amor que devora a própria vida, que devasta o presente e desola o futuro, com um fogo violento e inextinguível, é pura chama, ou luz do sol. E essa castidade apaixonada e ardente é total e inequivocamente espontânea e inconsciente.* (Bloom, 2003, p. 334)

JANE EYRE – A POSSIBILIDADE (REMOTA) DE DOMAR O AMOR PELA RAZÃO[45]

Fonte: Wikimedia Commons

Jane Eyre, romance escrito pela inglesa Charlotte Brontë (1816-1855) – irmã de Emily Brontë[46] valendo-se do pseudônimo de Currer Bell – publicado em 1847, foi, inicialmente, inserido na literatura gótica (em vista de sua ambientação em caste-

---

45 Por esse mesmo prisma, pode ser analisado o belíssimo filme "As Pontes de Madison" (1995), dirigido e estrelado por Clint Eastwood, com roteiro adaptado por Richard LaGravenese do livro homônimo de Robert James Walle.

46 Partilhamos do que afirma Bloom (2003, p. 331) no sentido de que "o enigma de gênio em uma mesma família desafia todos os tipos de redução, assim como o faz o gênio individual". Tal afirmação é feita por conta de serem as irmãs Brontë (Charlotte, Emily e Anne) reconhecidas pelo talento extraordinário nas letras. Vale a pena conferir, a respeito, o filme "As Irmãs Brontë", de 1979, de André Techiné, no qual atuam as atrizes Isabelle Huppert (como Charlotte), Isabelle Adjani (como Emily) e Marie-France Pisier (como Anne).

los, o clima de mistério sugerido pelo segredo do passado, o caráter trágico das personagens), passando, posteriormente, a perder tal qualificativo.

Jane Eyre é a autobiografia ficcional da protagonista. A eficácia da narração é reconhecida pelos críticos literários que afirmam que

> *narrador algum é tão agressivo com o leitor quanto Jane Eyre. Charlotte Brontë é mais Byron do que o próprio Byron e, de bom grado, golpeia os leitores. É dotada de uma força de vontade da qual Jane Eyre é a vivaz representante.* (Bloom, 2003, p. 329)

Antes de ser feita tal observação, Bloom, na mesma página, transcreve o que teria sido dito por Virginia Woolf, em um ensaio, acerca do romance:

> *Devoramos o romance, sem ter tempo para pensar, sem tirar os olhos da página. É tamanha a nossa absorção que, se alguém se mexer na sala, o movimento parece ter ocorrido em Yorkshire. A autora leva-nos pela mão, faz com que vejamos aquilo que ela vê, jamais nos abandona, nem por um instante, tampouco permite que dela nos esqueçamos. Ao final, estamos encharcados da genialidade, da veemência, da indignação de Charlotte Brontë.*

O romance narra como Jane, órfã de pai e mãe, conhece, desde a tenra idade, a infelicidade ao ser criada por uma tia que não nutre bons sentimentos por ela. Após se confrontar com a tia[47] logo no início da trama, Jane é enviada para uma esco-

---

47 A forma como se dá esse confronto é relevante por retratar como, na verdade, muitos de nós gostaríamos de lidar com algumas situações de adversi-

la, onde conhece os primeiros momentos de felicidade. Após seis anos como aluna e mais dois como professora, decide procurar uma nova posição. Encontra-a em Thornfield Hall, como preceptora da jovem Adèle, a pupila de Edward Rochester – por quem se apaixona, tratando-se, contudo, de uma paixão recíproca. Ele então, até pela qualidade de "patrão", propõe-lhe casamento e ela aceita, mesmo porque não há impedimentos para tanto. Eis que, no dia do casamento (capítulo 26), Jane descobre que Rochester já era casado com uma mulher chamada Bertha, que conhecera na Jamaica, enlouquecera e fora por ele mantida, até então sem o conhecimento de Jane e da maioria das personagens, no sótão de Thornfield Hall. Perante isso, Jane decide fugir. Após alguns dias de fome, é recolhida por St. John Rivers e suas irmãs. Mais tarde, descobre que não só herdou dinheiro de um tio, como os seus anfitriões são, na realidade, também seus primos diretos (algo que todos desconheciam). Decidida a recompensá-los, divide a herança com eles. St. John Rivers, que a essa altura já se enamorara por Jane, decide partir como missionário e levar a prima consigo, como esposa. Jane hesita, até porque está ciente do que ainda sente por Rochester. Já com os sentimentos minimamente domados pela razão, toma a decisão de retornar a Thornfield Hall. Ela encontra Rochester cego e sob os cuidados de dois criados fiéis, pois Thorn-

---

dade. Declara a pequena Jane: "Eu não sou fingida: se fosse diria que amo a senhora, mas declaro que não a amo: detesto-a mais do que ninguém no mundo exceto John Reed; e este livro sobre a Mentirosa a senhora pode dar para a sua filha, Georgiana, pois é ela quem conta mentiras, não eu. (...) Fico feliz por a senhora não ser minha parente".

field Hall sofrera um incêndio provocado pela esposa enlouquecida durante um de seus surtos incontroláveis. Rochester perdera a visão e uma das mãos ao tentar salvar todos que lá viviam; na mesma ocasião, Bertha se suicidou, jogando-se do alto da casa, ainda em chamas. Jane decide, assim, casar-se com Rochester[48].

O livro retrata, em certa medida, uma possibilidade de emancipação da mulher e de seu espírito, o que certamente contraria o espírito reinante nos romances de Jane Austen, nos quais as mulheres não se mostravam aptas a trabalhar, o que faz o matrimônio ser a garantia da própria sobrevivência e dignidade. Charlotte Brontë, por meio de Jane Eyre, mostra a possibilidade contrária, e mesmo a possibilidade de se manterem solteiras. Assim declara a protagonista:

> *Posso viver sozinha, se o auto-respeito e as circunstâncias me exigirem. Não preciso vender minha alma para comprar a bem-aventurança. Tenho um tesouro interior que nasceu comigo, que pode me manter viva se todos os prazeres alheios forem retirados, ou oferecidos apenas a um preço que eu não possa pagar. (...) A razão é firme e segura as rédeas, e não deixará que os sentimentos a descontrolem e a precipitem em abismos desconhecidos. (...) seguirei a orientação daquela vozinha quieta que interpreta os ditames da consciência.*

48 Ousamos, neste ponto, discordar de Harold Bloom (2003, p. 331) na afirmação de que "do princípio ao fim do romance, tenho a nítida sensação de que Charlotte Brontë é óbvia demais em seus posicionamentos". Não visualizamos obviedade nos posicionamentos nem no desenrolar da trama, que consegue prender o leitor pela força impressa pela narradora.

Um dos traços diferenciadores entre *O Morro dos Ventos Uivantes* e *Jane Eyre* reside no fato de que neste vislumbramos alguns traços de Cristianismo (ou seja, da educação recebida pela autora), o que se evidencia não apenas nas palavras da personagem Jane ("É muito melhor suportar com paciência uma dor aguda que ninguém além de você sente, do que cometer uma ação impensada cujas terríveis consequências se estendem a todos os que estão ligados a você; e, além disso, a Bíblia diz que devemos retribuir o mal com o bem")[49], como também, e sobretudo, nos freios que impedem os atos tresloucados como os encontrados n'*O Morro dos Ventos Uivantes*. Outro traço diferenciador pode ser estabelecido na comparação entre Heathcliff e Rochester. Embora a ambos seja atribuído o predicativo de "heróis à maneira de Byron", não se nota em Rochester os traços de maldade notados em Heathcliff, sendo que este, em determinados momentos, age de forma totalmente irracional (os críticos da época diziam "demoníaca"). A propósito, em uma carta, é dessa maneira que Charlotte Brontë explica Mr. Rochester:

> *tem uma natureza sensível e um bom coração; não é egoísta nem indulgente consigo mesmo; é mal educado, mal orientado, muito se engana, e*

---

49 Ou ainda, "Quanto mais solitária, quanto mais sem amigos, quanto mais sem apoio eu estiver, mais deverei respeitar a mim mesma. Vou manter a lei dada por Deus, sancionada pelo homem. Vou me apegar aos princípios recebidos por mim quando estava sã, e não louca – como estou agora. Leis e princípios não são para tempos em que não há tentação: são para momentos como este, quando o corpo e a alma se amotinam contra o seu rigor; e por mais rigorosos que sejam, não deverão ser violados".

seus enganos decorrem da impulsividade e da inexperiência; vive como muitos outros homens, mas, sendo radicalmente melhor do que a maioria deles, não gosta de levar uma vida desregrada, e jamais se sente feliz vivendo uma vida assim. Aprende as duras lições da experiência e, com bom senso, delas extrai sabedoria. Os anos o aperfeiçoam; a efervescência da juventude já se foi; mas o que nele existe de bom permanece. Sua natureza é como a do bom vinho, o tempo não o torna azedo, apenas o amadurece. Ao menos, assim tentei retratar o personagem.

Uma análise de *Jane Eyre* em face dos demais romances ingleses da época, especialmente aqueles escritos pelo seleto grupo de escritoras, coloca-o no meio-termo entre as histórias de Jane Austen (caracterizadas pela fleuma e polidez britânicas) e *O Morro dos Ventos Uivantes* (cujo aspecto sombrio e a devastação causada pelos encontros e desencontros marcaram o relacionamento dos protagonistas). Esse meio-termo está, porém, longe de significar ausência do sentimento amoroso com as características que lhe são próprias, até porque o sentimento é encontrado mesmo nos romances mais bucólicos e pacíficos de Jane Austen, uma vez que, sem ele, não estaríamos diante de uma "história de amor". Por mais equilibrada que se mostre Jane, ela própria não nega: "minha tranquilidade interior foi quebrada". A busca pelo equilíbrio, entretanto, faz-se uma constante: "Sentimento sem razão é uma bebida realmente aguada; mas a razão que não é temperada pelo sentimento é uma comida tão amarga e áspera que o ser humano nem consegue deglutir".

Existem alguns elementos simbólicos na história, como a cegueira de Rochester após o incêndio em sua propriedade (causado por sua mulher Bertha Rochester, cuja existência permaneceu escondida por muito tempo dentro de sua própria casa). Ele fica cego e sua mulher morre. Rochester só volta a ver quando reencontra Jane, um ano depois do incidente, e após a morte da mulher. Os empecilhos que impediam a união dos protagonistas não mais existem, sendo que a dependência dele por conta das deformidades decorrentes do incêndio parece fortalecer o elo entre eles. Em suma, apesar das adversidades narradas durante toda a trama, trata-se de um romance com final feliz. Nas palavras da própria Jane, "meu Edward e eu, então, somos felizes: e ainda mais porque aqueles que amamos também são felizes". Não se trata, porém, de felicidade fácil, mas de felicidade construída por meio de árduo trabalho e pautada na busca de um equilíbrio não muito típico dos relacionamentos amorosos dignos de serem transcritos nas páginas dos romances. O conjunto da obra nos permite, assim, colocar Jane Eyre entre as chamadas "personagens moralmente íntegras de romances ingleses" (Yalom, p. 219), ao lado Elisabeth Bennet, de *Orgulho e Preconceito*, e Elinor Dashwood, de *Razão e Sensibilidade*, romances de Jane Austen, em contraposição às personagens adúlteras emblemáticas sobre as quais já falamos ou de que ainda falaremos, Emma Bovary e Anna Kariênina.

A força do romance, ademais, assim como os outros citados, também o levou a ser adaptado diversas vezes à tela do cinema e da TV. São clássicas as versões cinematográficas de 1944 (dirigida por Robert Stevenson, com Joan Fontaine e Orson Welles desempenhando os papéis principais), 1997 (dirigida por Franco Zefirelli e tendo Charlotte Gainsbourg e Willian Hurt nos papéis protagonistas) e 2011 (tendo Mia Masikowska e Michael Fassbender nos papéis centrais, sob direção de Cary Fukunaga).

GRANDE SERTÃO: VEREDAS – O AMOR QUE EXISTE E PERSISTE, MAS NÃO VENCE AS CONVENÇÕES SOCIAIS[50]

Grande Sertão: Veredas, de autoria de João Guimarães Rosa (1908-1967), médico, diplomata e escritor, foi publicado em 1956. Romance do pós-modernismo brasileiro, integrava inicialmente a obra *Corpo de Baile*, mas dada sua grandeza, ganhou plena autonomia, vindo a tornar-se um dos pontos altos da literatu-

---

50 Talvez a leitura dessa monumental obra da literatura brasileira dissuadisse Schopenhauer (2011, p. 80), que afirmara: "jamais entendi como duas pessoas que se amam e esperam encontrar nesse amor a suprema felicidade, não preferem romper de vez com todas as convenções sociais e enfrentar todas as situações, a renunciar, abandonando a vida, a uma felicidade além da qual nada mais podem imaginar".

ra brasileira. Em virtude de sua complexidade, são diversas as interpretações que sobre ele recaem, sendo também inumeráveis as discussões por ele suscitadas. Devemos, contudo, cingir-nos ao nosso tema – o amor; por isso, a obra passa a ser vista sob o prisma das personagens Riobaldo e Diadorim (em meio a tantas outras personagens), sendo o primeiro deles o narrador do relato, que desvela sua vida de andanças pelo sertão mineiro, expõe o código de ética do cangaço e, concomitantemente, revela muito de sua "alma" em meio a reflexões acerca da vida, de Deus, da amizade, da dúvida e especialmente do amor. Tais reflexões são, em regra, realizadas em meio a digressões possibilitadas pela narrativa em primeira pessoa – o que também exige do leitor atento um filtro para uma tentativa de distinção de dados objetivos e subjetivos.

A história, narrada de forma retrospectiva, desenvolve-se a partir da busca de vingança (ou seria justiça?) pela morte de Joca Ramiro, pai de Diadorim. Riobaldo, um jagunço "letrado", revela que após a morte de sua mãe, que vivia como agregada em uma grande fazenda no interior de Minas Gerais, passou a morar com seu padrinho, até que decidira fugir de casa. Junta-se, então, ao movimento jagunço, onde encontra Diadorim – integravam um grupo de 60 homens. Este, embora também jagunço, destemido, de poucas palavras ("ele gostava de silêncios"), de feições delicadas, mantinha uma seriedade além do comum e "não se fornecia com mulher nenhuma", exercendo sobre Riobaldo fascínio inexplicável, a ponto de o narrador não conseguir, inicialmente[51],

---

51 É importante notar e ressaltar que, em dado momento, no meio da trama, o narrador não mais ostenta dúvida quanto aos seus sentimentos: "Pri-

estabelecer a espécie de sentimento mantido por Diadorim. A vingança pela morte de Joca Ramiro é alcançada, no final da trama, quando Diadorim mata Hermógenes, mas também é por ele mortalmente ferido, vindo a falecer. É tão somente após a morte do companheiro jagunço que se descobre a verdadeira identidade de Diadorim – Maria Deodorina da Fé Bettancourt Marins, filha de Joca Ramiro. Após o trágico fim de Diadorim, Riobaldo desiste da vida de jagunço, casando-se com Otacília, filha de um rico fazendeiro, por quem já nutria um certo sentimento[52]. Em determinados momentos da obra, a lembrança de Otacília, em meio à presença de Diadorim, desestabiliza mentalmente Riobaldo (em dado momento, já ciente de que Otacília tinha o desejo de se casar com ele, Riobaldo confronta os sentimentos que nutria por

---

meiro, fiquei sabendo que gostava de Diadorim – de amor mesmo amor, mal encoberto em amizade. Me a mim, foi de repente, que aquilo se esclareceu: falei comigo. Não tive assombro, não achei ruim, não me reprovei".

52 Fazia-o, ademais, ciente de que Diadorim tudo percebia: "Desde esse primeiro dia, Diadorim guardou raiva de Otacília. E mesmo eu podia ver que era açoite de ciúme. (...) Que Diadorim tinha ciúme de mim com qualquer mulher, eu já sabia, fazia tempo, até. Quase desde o princípio. E, naqueles meses todos, a gente vivendo em par a par, por altos e baixos, amarguras e perigos, o roer daquilo ele não conseguia esconder, bem que se esforçava. Vai, e vem, me intimou a um trato: que, enquanto a gente estivesse em ofício de bando, que nenhum de nós dois não botasse mão em nenhuma mulher. (...) Diadorim me vigiava. (...) Tenho que, quando eu pensava em Otacília, Diadorim adivinhava, sabia, sofria". Posteriormente, quando Riobaldo combina o noivado, "Diadorim tinha comprado um grande lenço preto: que era para ter luto manejável, fundo guardado em sobre seu coração".

ela [Otacília] e por ele [Diadorim], concluindo, após descrever o verde dos olhos do amigo jagunço, "meu amor de prata e meu amor de ouro"[53].

A finalidade de Guimarães Rosa em *Grande Sertão: Veredas* é a reflexão sobre questões universais (o amor é uma delas), contextualizadas metaforicamente em um ambiente regional, o sertão, que, segundo o narrador, "é do tamanho do mundo".

O amor entre os jagunços Riobaldo e Diadorim, de sua vez, surpreende em todos os aspectos. Diversamente do que ocorre nos demais romances que citamos, não se vislumbra, desde o início da narrativa, qualquer possibilidade de concretização daquilo que vem sendo dito desde as primeiras páginas, nas entrelinhas, em linguagem nada usual, totalmente poética, plena de neologismos. Assim, se o amor entre Jane e Rochester (*Jane Eyre*), entre Catherine e Heathcliff (*O Morro dos Ventos Uivantes*) e entre Anna e Vronsky (*Anna Kariênina*) são pronunciados nos prólogos das narrativas – cabendo ao leitor acompanhar o desenlace, feliz ou infeliz, da relação estabelecida – em *Grande Sertão: Veredas* somos levados a mergulhar em todas as dúvidas que povoam o pensamento de Riobaldo, tratando-se de dúvidas existenciais que vão desde o sentido da vida, a existência de Deus e do Diabo e, por fim, mas não menos importante, do sentimento mantido para com seu companheiro de andanças pelo sertão. As dúvidas aumentam, uma vez que Diadorim muito bem representa as ambiguidades e os paradoxos apresentados a nós pela vida a todos os instantes, passando a ser não apenas dúvidas de Riobaldo, mas também dúvidas de todos nós.

53 Houve aqui, certamente, a elipse (omissão) do advérbio "respectivamente".

Diadorim, nesse contexto, é tanto uma das personagens protagonistas quanto a personificação da beleza e do amor em meio àquele mundo árido, constituindo-se o verdadeiro *leitmotiv* da narração efetuada por Riobaldo. Na cirúrgica ponderação feita por Willi Bolle (2004, p. 195), no que certamente é um dos mais completos e interessantes estudos realizados sobre *Grande Sertão: Veredas*, afirma-se:

> *A "constante brutalidade" da guerra dos jagunços, o dia-a-dia da violência e privações, a vida rotineira no meio de homens broncos, simplórios e sem rumo, esse mundo-cão presente em todas as páginas de Grande Sertão: Veredas, seria insuportável se não passasse por elas o sopro de um princípio mais elevado e transformador: a Beleza e o Amor, simbolizados pela figura de Diadorim. (...) De fato, essa figura, a paixão do protagonista-narrador Riobaldo, é o cerne e o substrato emocional do romance.*

Ainda a explicitar a importância de Diadorim na composição da trama, Bolle chama a atenção a dois fatos: 1) na França, lugar onde certamente as reflexões acerca do sentimento amoroso têm destaque como em nenhum outro lugar no mundo, o romance maior de Guimarães Rosa foi traduzido com o título Diadorim (op.cit., p. 195); 2) "Reinaldo", outro nome de Diadorim, significa [etimologicamente] "aquele que conduz" (op.cit., p. 200).

É, desse modo, o amor entre o narrador Riobaldo e Diadorim o cerne da obra, sendo todo o mais, inclusive a longa descrição da trajetória daquele grupo de jagunços, um mero pretexto para expor, sempre da forma mais comedida possível – talvez uma homenagem/respeito a todo e qualquer tabu sociocultural –, os sentimentos que certamente impingiam sofrimento aos amantes. Tratava-se, ademais, de um tipo de sofrimento sem limites, pois que não encontrava qualquer espécie de amparo e, sobretudo, não poderia ser partilhado com outrem. Era o sofrimento em si e para si. Aqui, muito mais que nos outros romances que mencionamos, a alteridade, que existe a todo momento e que revela um muro intransponível, mas que em certos momentos parece desaparecer (ressalta-se: parece!), mantém-se intacta. Não há, em momento algum, a doce ilusão de que o muro deixara de existir.

Diante dos questionamentos que persistem, não cedem e até parecem se fortalecer, o enunciado de Riobaldo ao dizer "o sertão sou eu" faz pleno sentido, até porque o sertão pode ser visto como o destino final daqueles que ao amor não correspondem, mesmo estando diante dele e o podendo reconhecer, ainda que na medida das próprias limitações individuais. Ao final, quando da morte de Diadorim e da descoberta de sua verdadeira identidade, ao se chegar ao destino do qual não é possível voltar, o enunciado durante o romance de que "viver é muito perigoso" também ganha sentido. O que permanece nas entrelinhas é que "amar também é muito perigoso", afinal de contas, amar faz parte da vida, mas certamente não amar é ainda pior: é estender o sertão para além de seus limites.

É desse modo que encontramos na obra, mais especificamente no sentimento entre os protagonistas, as características marcantes do amor: a instauração da desordem (nesse caso, uma desordem psicológica) e, concomitantemente, a capacidade de unificar. Essa capacidade unificadora, porém, não é sinônimo de união e de concretização, sendo, antes, a capacidade de manter vínculos que não se rompem. Justamente por isso, já no início do livro (sem perdermos de vista que a narrativa é feita em *flashback*), Riobaldo deixa claro o não esquecimento de seu sentimento pelo "amigo": "Diadorim me pôs o rastro dele para sempre em todas essas quisquilhas da natureza".

E com essa ideia de eternidade, seja ela verdadeira ou não, é que Riobaldo realiza a narrativa que não apenas é uma declaração cifrada de amor, mas, sobretudo, um réquiem, um discurso fúnebre, pela perda do objeto amado.

Demonstrada está, pois, a frustração pela não correspondência ao amor outrora presente, mas ainda existente – frustração incrustada na memória de Riobaldo, "os lugares da memória são repositórios das emoções do protagonista" (Bolle, 2004, p. 225) – e que torna aquele sentimento amoroso digno de um romance; em nossa perspectiva, o mais intenso da literatura brasileira.

Mudança de linguagem – um parêntese

Conforme afirmado anteriormente, ainda que se trate do mesmo sentimento amoroso, a forma de expô-lo e exemplificá-lo é diversa nas diferentes formas artísticas. Essa diversidade pode ser primeiramente compreendida a partir da distinção entre as artes alográficas, cuja obra somente se conclui com o concurso do autor e do intérprete, e as artes autográficas, cujo autor contribui sozinho para a realização da obra (Grau, 2003, p. 76). São exemplos da arte autográfica a pintura e a literatura, enquanto a música e o teatro são exemplos da arte alográfica. A interpretação a ser feita acerca dessas diferentes formas artísticas também é diversa. Nas artes autográficas, não há a mediação do intérprete, diferentemente do que ocorre com as artes alográficas. Por consequência, nas artes autográficas, a interpretação comporta a compreensão com fins à contemplação estética, enquanto nas artes alográficas a interpretação, por não ocorrer de forma imediata, visa não apenas à compreensão, mas também à reprodução, que se constitui uma nova forma de expressão artística. Essa diferenciação mostra-se relevante na medida em que deixaremos a exposição do amor exemplificado por meio de romances (arte autográfica) para expor exemplificações do sentimento amoroso por meio de óperas[54], espé-

54 Podemos conceituar a ópera como um "poema dramático posto em música, sem diálogo falado ou com reduzidos diálogos falados, com acompanhamento de orquestra e algumas vezes de dança" (Cross, 1983, p. 7). As origens remotas da ópera certamente nos remetem à Grécia antiga, quando o drama ateniense era apresentado de forma muitas vezes cantada, com acompanhamento de instrumentos. Tal qual conhecemos em nossos dias, porém, encontramos na Itália as manifestações musicais que mais se assemelham às óperas, sendo a obra *Orfeu*, de 1607, de autoria de Claudio Monteverdi (1567-1643), apontada como a primeira ópera. Em virtude da transição do recitativo (mera declamação) para a ária, as obras de Monteverdi adquiriram o valor musical que permitiu identificar a mudança nos padrões artísticos, passando os cantores solistas a dominarem o palco e, por meio da expressão musical de natureza dramática, lograrem êxito em exprimir, pela forma cantada, os sentimentos humanos – sem que tenha havido a exclusão dos coros. Tudo isso era feito a partir da encenação, conduzida pela orquestra. Essa atuação orquestral, e a real consciência quanto a seu valor, é que nos permite ver a ópera como gênero musical. Por mais que, muitas vezes, se tente privilegiar o aspecto cênico ou teatral, e mesmo as bases literárias nas quais são compostos muitos libretos operísticos, é na música que a ópera de fato reside, sendo dela extraída a possibilidade de narração de uma história, conduzida pela linguagem musical, mediada pelos intérpretes e tendo na encenação uma concretização.

cie artística que integra o gênero da música e, dessa forma, trata-se de arte alográfica, isto é, cuja contemplação estética somente se faz possível por meio da atuação de intérpretes. Uma interpretação insatisfatória pode, assim, conduzir ao julgamento equivocado quanto à qualidade da obra que se interpreta.

O romance e a ópera, ademais, apresentam como outra diferença o fato de que, no primeiro, somos conduzidos por um narrador (personagem da história ou um terceiro), que se expressa descrevendo, em muitos casos, opinando e refletindo sobre os fatos narrados. Com esse narrador, podemos travar um diálogo, em linguagem idêntica ou similar. Já na ópera, somos conduzidos não por um narrador comum, mas pela música, que nos introduz no mundo das personagens e por ele nos conduz (cessada a música, cessa a narração). Por melhor que a compreendamos, com ela não dialogamos diretamente, uma vez que nos valemos de outro código de linguagem. A experiência sensorial é outra, com privilégio da audição: visualizamos algo que nos é cantado, tendo-se por base a música produzida pela orquestra. Já nos romances, privilegia-se a visão, mas não a que se volta a elementos externos; antes, trata-se da visão das imagens que são produzidas em nossas mentes pela leitura. Portanto, ao ingressarmos na exemplificação do amor por meio dessa diferente forma artística, tenhamos em mente a insuficiência ainda maior da narração que aqui efetuamos, pois se trata de uma narração com base em interpretação realizada indiretamente, isto é, que teve a mediação dos intérpretes (músicos e cantores), que se valeram de um código de linguagem não comum. Em outras palavras, escrever sobre ópera é transitar entre a palavra, a encenação e a música, tudo unido e construído sobre uma carga dramática impossível de se alcançar apenas com um desses elementos isolados. A correlação entre a ópera, como forma artística, e a questão do amor foi exposta de forma precisa por Antonio Quinet em seu texto "A Tragédia da Vingança Herdada", que integra o programa da ópera "Il Trovatore", apresentada no Teatro Municipal de São Paulo em março de 2014:

> *A vida é mordida pela pulsão de morte com seu lamento triste, porém sublime, que provoca em nós a catarse que possibilita transformar o terror em prazer estético, lembrando-nos que somos todos seres-para-a-morte, que temos na vida a chama de Eros.*

TRISTÃO E ISOLDA – O TRIUNFO DO AMOR (SOMENTE) POR MEIO DA MORTE

Fonte: Wikimedia Commons

A história de Tristão e Isolda (ou Iseu) é baseada em uma lenda celta e, como é própria das histórias lendárias, há diversas versões e variantes da narrativa – todas elas válidas, conquanto algumas de maior relevância. Dentre essas versões, as que parecem ter servido de base à história que hoje tão bem conhecemos são dois escritos em francês antigo (fragmentos de romances escritos em prosa) da segunda metade do século XII: um de autoria de Béroul, de estilo popular e violento, e outro de autoria de Thomas, da Inglaterra, já adaptado à estética do "amor cortês"; e um terceiro escrito em alemão, do início do século XIII, de autoria de Gottfried von Strassburg, o qual foi inspirado na versão de Thomas. Além dessas fontes, cita-se também o poeta francês Chrétien de Troyes, século XII, que afirma no prólogo de um de seus livros ter escrito uma obra sobre Tristão e Isolda – tal obra, contudo, se foi escrita, não chegou aos nossos dias. À mesma época, a poetisa francesa Maria de França escreveu um lai (pequeno poema, com versos octassílabos, geralmente declamado na Idade Média ao som de harpa ou viola) retratando um encontro secreto entre nossos amantes e a posterior dor da separação. De autoria anônima, é produzida no século XIII, entre os anos de 1230 e 1240, em francês antigo, uma obra em prosa sobre a lenda de Tristão e Isolda (atualmente, é denominada Tristão em Prosa); nela, Tristão é incorporado ao ciclo arturiano, sendo transformado em um dos cavaleiros da Távola Redonda, sendo, pois, retratado na busca do Santo Graal.

Em meio aos escritos literários, sobressai-se a adaptação musical realizada pelo compositor alemão Richard Wagner (1813-1883), que foi autor não apenas da música da ópera homônima, como também do libreto, para o qual se valeu especialmente da obra de Gottfried von Strassburg. A criação da ópera "Tristão e Isolda" se deu entre 1857 e 1859, quando Wagner interrompeu, temporariamente, a escrita daquela considerada sua principal obra, a tetralogia d'*O Anel dos Nibelungos*. Completada a partitura em 1859, a estreia da ópera ocorreu apenas seis anos após, no Teatro Real da Corte, em Munique, diante da presença do Rei Luís da Baviera, admirador e protetor de Wagner.

A ópera é dividida em três atos. No primeiro ato (dividido em cinco cenas), estão os futuros amantes no convés de um navio vindo da Irlanda. Isolda está sendo levada para ser desposada pelo rei Marke, rei da Cornualha. No entanto, ela não está contente com essa situação, o que se evidencia pela sua entrega a amargas reflexões. Em meio a essas reflexões, recorda-se que Tristão, gravemente ferido na luta contra Morholt, foi à Irlanda justamente para ser tratado por suas artes mágicas – era ela descendente de poderosas feiticeiras que, por meio de poções mágicas, poderiam comandar os elementos, curar e despertar desejos. Isolda restituiu a saúde do principal cavaleiro do rei Marke e agora este paga pela cura recebida levando-a para onde ela não deseja. Ela, então, reprova a si mesma por ter demonstrado benignidade a Tristão. Estando o navio prestes a atracar, Isolda exige que Tristão vá vê-la e que se desculpe pela sua atitude deplorável – ela chega a pensar em suicídio e ordena a Brangäne, sua dama de companhia, que lhe prepare uma "poção da morte", que beberá juntamente com Tristão. Brangäne, entretanto, troca as poções mágicas, entregando a Tristão e Isolda a "poção do amor". Percebendo o equívoco, Isolda pergunta à sua dama de companhia que poção lhes ofereceu e, diante da resposta, grita em um misto de êxtase e desespero.

O segundo ato (dividido em três cenas) inicia-se no jardim do palácio do rei Marke. Brangäne mostra-se arrependida de seu ato – a troca das poções – e tenta dissuadir Isolda de manter qualquer contato com Tristão, até porque Melot, um cortesão, fingindo-se amigo dela, planeja alguma traição. Diante da verificação quanto à impossibilidade do idílio, clamam os amantes pela morte, que os colocaria fora desse mundo para ficarem unidos para sempre. Eis que chega ao jardim o próprio rei Marke, conduzido por Melot. O rei se volta a Tristão, reprovando-o pela traição à sua amizade e à sua honra. Melot, por sua vez, grita que se vingará do insulto sofrido pelo rei e, sacando sua espada, desafia Tristão. Em combate, Tristão é ferido, deliberadamente. O "motivo do rei Marke"[55] é entoado e a cortina se fecha.

No terceiro ato (dividido em três cenas), Tristão jaz na relva, mas já em sua terra. Voltando a si, Kurneval, seu fiel escudeiro, explica-lhe como eles regressaram de navio à Bretanha, mas Tristão delira, chamando por Isolda. Kurneval informa-lhe que já enviou um servo à Cornualha para trazer Isolda, pois ela já o curou uma vez e, certamente, poderá fazê-lo novamente. Em um espasmo de loucura, amaldiçoa a "poção do amor". Eis que surge Isolda, chamando por Tristão (momento em que soa o "motivo do amor" na orquestra). Tristão cai-lhe nos braços, sussurra o nome dela e morre. Eis que chega outro navio – o navio do rei Marke. Melot se precipita e acaba sendo morto por Kurneval, que também é ferido mortalmente e morre ao lado de Tristão. O rei Marke murmura, afirmando que "agora tudo, tudo será morte". Isolda

---

55 Os "motivos condutores", ou simplesmente "motivos" (*leitmotiv* em alemão), consistem em uma técnica de composição introduzida por Richard Wagner em suas óperas pela qual os temas musicais se repetem nas passagens das óperas para relacionar o momento e os fatos a uma personagem ou a um assunto. Wagner usou o *leitmotiv* pela primeira vez na ópera "O Holandês Voador", passando a fazê-lo em todas as suas óperas posteriores. Outros compositores também se valeram dessa técnica, como é o caso de Giuseppe Verdi, em suas óperas "Nabucco" e "La Traviata", e de Georges Bizet, na ópera "Carmen". No entanto, certamente, foi com Wagner que tal técnica ganhou notoriedade, não apenas pela qualidade de sua música – até porque esse também era um atributo dos demais operistas citados –, mas, sobretudo, pelo uso persistente e eficaz que dela fez.

volta a si e Brangäne confessa-lhe a troca de poções e conta que, quando o rei Marke soube do ocorrido, veio apressadamente à Bretanha para perdoar Isolda e também Tristão – mas a morte triunfou, exclama ele com tristeza e desespero. Com olhos fixos na face de Tristão, Isolda dá início à sua magnífica e comovente canção de adeus – o "Liebestod" (a morte de amor) –, o ponto culminante da ópera. Enquanto ela invoca a aproximação de sua própria morte, os temas ou motivos musicais da felicidade, da separação, da transfiguração e do amor são entoados pela orquestra, conduzindo a um verdadeiro clímax opressivo. Isolda, por fim, cai sobre o corpo de Tristão e morre. Os amantes se unem, afinal, por meio da morte, que é abençoada pelo rei Marke. A música morre nas cordas. Cai o pano.

É com a história de amor de Tristão e Isolda que Denis de Rougemont, tantas vezes citado neste trabalho, começa a analisar a história do amor no Ocidente, apontando, de forma percuciente, que esse sentimento da paixão amorosa, nos moldes como hoje o conhecemos, tem sua origem histórica ligada à poesia lírica provençal do século XII, com o desenvolvimento das ideias de amor-sofrimento, da exclusividade apaixonada à dama ideal e da comunhão final dos amantes na agonia e na morte, pela qual ingressam na eternidade sem os obstáculos próprios de nosso mundo. Aponta, igualmente, para o caráter mitológico da história de Tristão e Isolda, haja vista, sobretudo, o elemento sagrado do qual ela se vale e o seu sentido de obscuridade.

Deve ser ressaltado que, além dos elementos gerais da narrativa que encontramos no libreto de Wagner, há elementos secundários que podemos extrair da leitura das versões apresentadas por Béroul, Thomas e Gottfried, além daqueles apontados por Joseph Bédier (1864-1938), um historiador francês especializado na Idade Média francesa. Alguns desses elementos secundários auxiliam na compreensão da trama. É o caso, por exemplo, da explicação acerca do nome de Tristão, que nascido no infortúnio, com o pai já morto, perde sua mãe, de nome Brancaflor, que não resiste ao parto. Eis a razão pela qual ele é criado por seu tio materno, o rei Marke da Cornualha. Tristão torna-se herói ao vencer o gigante irlandês Morholt que, a exemplo do que fazia o Minotauro na Grécia Antiga, exige um tributo periódico: a entrega de jovens. Tristão, ainda muito jovem, mata o gigante, mas é por ele ferido com uma espada envenenada. Sem esperança de sobreviver, parte sem destino, em um barco sem vela nem remos. O barco aporta na costa da Irlanda e Isolda o cura – o que se faz possível pelo fato de Tristão ocultar sua verdadeira identidade, uma vez que Isolda era parente do gigante morto. Anos mais tarde, o rei Marke decide desposar a mulher de cujos cabelos um pássaro lhe trouxera um fio. É Tristão o encarregado de procurar a desconhecida e, novamente, após uma tempestade, vai parar na Irlanda, onde precisa combater um dragão que ameaça a cidade. Ferido pelo monstro, Tristão é novamente socorrido por Isolda, que descobre ter sido aquele rapaz o assassino de seu parente. Pensa, assim, em matá-lo, mas é dissuadida da ideia após saber o propósito de Tristão – levá-la ao rei Marke, que dela fará uma rainha. A caminho da Cornualha, já no navio, começa o desenrolar da ópera de Wagner. No meio da história retratada na ópera, há também o casamento de Tristão, já banido do reino, com outra Isolda, a Isolda das Mãos Brancas, princesa da Bretanha. Embora casado, mantém-se apaixonado pela primeira Isolda, sendo a recíproca verdadeira.

Todos esses ingredientes da narrativa reunidos e ligados pela música de Wagner culminam na mais elevada expressão do romance de Tristão e Isolda. Eternizado como já estava, ganhou lugar de destaque entre as histórias formadoras de nossas concepções amorosas.

Ao apontar, contudo, o aspecto do mito de Tristão e Isolda que mais nos chama a atenção, certamente chegaremos à problemática do amor impossível, do amor impossibilitado pelas circunstâncias todas: (1) Tristão, mesmo apaixonado por Isolda, a conduz até o rei, tio dele, que a desposará, por manter a fidelidade típica do cavaleiro; (2) Isolda, mesmo apaixonada, tem contra Tristão os fatos de ele ser o assassino de um parente dela e de ter recebido seus cuidados e a cura após o combate com o gigante, valendo-se, porém, do expediente fraudulento de mentir sobre sua verdadeira identidade; e (3) não há como deixar de questionar os reais sentimentos de um amante pelo outro – amavam-se, de fato, ou estavam apenas entorpecidos pela "poção do amor" bebida durante a viagem à Cornualha? O fato, porém, é que, enquanto ainda sob o estado de entorpecimento provocado pela paixão, seja esta natural ou não, amaram-se de tal maneira que um via no outro o sentido pleno da existência. A morte de Isolda é, desse modo, o ponto culminante da bela história de amor. Se fosse lavrada uma certidão de óbito de Isolda, nos moldes dos procedimentos burocráticos comuns em nossos dias, nela constaria: "*causa mortis*: amor". No entanto, a morte apresenta-se como salvadora, na medida em que se trata da única possibilidade de os amantes permanecerem juntos, à margem de todos os obstáculos que precisariam enfrentar nesse mundo. Assim, é importante frisar que não se trata da morte como termo final para os problemas insolúveis (como pensaram as personagens Emma Bovary e Anna Kariênina nos respectivos romances que narram suas histórias), mas da morte como redenção conjunta e como possibilidade de realização. E aqui reside mais um aspecto que torna a história de Tristão e Isolda muito mais próxima do mito que de um romance, pois é por meio desse mito que se fortalece por completo a tradição ocidental que vê o amor gerador de infelicidade como aquele que se faz digno dos romances. E novamente invocando Rougemont (2003, p. 24): "O amor feliz não tem história. Só existem romances do amor mortal, ou seja, do amor ameaçado e condenado pela própria vida".

A história de Tristão e Isolda aponta e destaca não apenas para a conjunção entre "amor-paixão e morte", mas também para o binômio "amor-paixão e adultério". E aqui assistimos ao nascimento de mais uma tradição literária do mundo ocidental: a indicação dos problemas decorrentes do casamento enquanto dever e conveniência com a consequente valorização do adultério. Daí poder afirmar-se que a literatura sobrevive em função da "crise do casamento", tecendo em verso e prosa (e em música, quando nos voltamos ao mundo da ópera) a apologia de algo condenado pela moral e especialmente pela religião. Ademais, tal apologia se dá não pela exposição e condenação da situação adulterina, contrária à moral e aos bons costumes, atentatória às normas religiosas, mas, antes, pela indicação de fatores que o explicam e, em muitos casos, o justificam. Assim se dá com Emma Bovary, com Anna Kariênina e com Mr. Rochester – personagens a que nos referimos em outros momentos desta obra. E quando não há o adultério, a mera sombra dele, o simples cogitar de sua possibilidade, também turba a mais sólida relação amorosa – sendo Otelo o exemplo mais emblemático. É, desse modo, o adultério um dos principais *leitmotiv* de nossa literatura amorosa, o que ajuda a explicar o caráter emblemático de Tristão e Isolda – uma história de amor composta pelos binômios mais recorrentes e relevantes das histórias de amor: "amor-paixão e sofrimento", "amor-paixão e adultério" e "amor-paixão e morte". Reunidos esses elementos, a música de Wagner vem coroá-los.

LUCIA DI LAMMERMOOR – A PRIVAÇÃO DO AMOR COMO GERADORA DA LOUCURA

Fonte: Wikimedia Commons

A trama da ópera Lucia di Lammermoor, de Gaetano Donizetti (1797-1848), estreada em 1835, em Nápoles, desenvolve-se na Escócia, no fim do século XVII, e tem como pano de fundo os conflitos entre católicos e protestantes, durante o reinado de William e Mary. As famílias Ashton di Lammermoor (protestante) e Ravenswood (católica) estão em constante conflito[56],

56 Boa parte das informações relativas à ópera "Lucia di Lammermoor" foi extraída do programa distribuído quando a ópera foi encenada no Teatro Municipal de São Paulo, em 2000.

tendo, ambas, jurado a exterminação uma da outra. Apenas um membro do clã Ravenswood sobreviveu – o jovem Sir Edgardo, cujo pai foi assassinado por Lorde Enrico, que também lhe tomara as terras.

No primeiro ato, Normanno, o capitão dos guardas de Lammermoor, solicita auxílio de cavaleiros em busca de um forasteiro visto nos arredores da propriedade, suspeitando tratar-se de Edgardo de Ravenswood. Ao mesmo tempo, o Lorde Enrico Ashton manifesta preocupação com as constantes desgraças vividas por sua família, passando a cultivar a ideia fixa de casar sua irmã Lucia com o Lorde Arturo Bucklaw, o que traria certa prosperidade à família. A ideia, porém, é rechaçada por Lucia, que está apaixonada por um cavaleiro que a salvara do ataque de um touro feroz. Há suspeitas de que tal cavaleiro seja justamente Edgardo de Ravenswood, o que faz Lorde Enrico odiá-lo ainda mais – não se trata apenas de um integrante da família inimiga, mas aquele que vem impossibilitando Lucia de casar-se em prol do bem e da prosperidade da família. Em outro local, Lucia espera por Edgardo, que aparece e, antes de partir em uma missão diplomática, pede a mão dela em casamento, até como forma de extinguir a inimizade entre as duas famílias, mas é dissuadido por Lucia, pois, sabedora dos intentos de seu irmão, lhe pede para que o amor deles permaneça em segredo.

No segundo ato, meses após o primeiro, Lucia nada sabe sobre seu amado Edgardo, de quem não recebe cartas, pois elas foram retidas por Lorde Enrico. Este, sem consultar a irmã, decide casá-la, conforme inicialmente pensado. Para tanto, em conluio com Normanno, forja uma correspondência na qual Edgardo renuncia definitivamente ao amor de Lucia. Ao saber do teor da falsa missiva e consciente dos problemas pelos quais passa a família, ela decide casar-se com Arturo de Bucklaw, demonstrando, desde então, a perda de sua sanidade mental. Já na segunda cena do segundo ato, após a assinatura de um documento que formaliza a união entre Lucia e Arturo, o que se dá na presença dos personagens principais e convidados, aparece Edgardo, reclamando a mão de Lucia. O compromisso, porém, já fora firmado. Edgardo então convoca Lorde Enrico para um duelo e parte, no mesmo instante em que Arturo conduz Lucia ao leito nupcial. Antes dessa partida, canta-se o famoso sexteto "Qui mi frena in tal momento?", para muitos, o ponto culminante da ópera.

No terceiro e derradeiro ato, em meio às comemorações dos convidados, Raimondo (preceptor e confidente de Lucia) aparece noticiando a todos que Lucia perdera a razão. Pior, matara o esposo na câmara nupcial. Sucede-se à notícia o aparecimento de Lucia, desfigurada e com o vestido manchado de sangue – passando a cantar a "ária da loucura". Feliz em sua loucura, pensa estar no altar, ao lado de Edgardo. Conscientes do que fizeram, Lorde Enrico e Normanno demonstram remorso. Fora dali, em outra cena do terceiro ato, Edgardo aparece em meio ao túmulo de seus antepassados, decidido a entregar-se à morte durante o duelo que travará com Enrico. Dirige-se, então, ao castelo, com a finalidade de travar o derradeiro duelo, sendo impedido de entrar e comunicado da morte de Lucia. Comete, por fim, suicídio.

Apenas a narrativa de uma história cantada em uma ópera certamente constitui-se uma redução, em seu máximo grau, da intensidade da carga dramática própria de uma ópera – portanto, caso queiramos entender a real intensidade da dramaticidade própria da ópera (e somente da ópera), é necessário assisti-la. Saber, porém, parte do enredo da história a ser cantado e encenado ajuda na compreensão de fatos que, muitas vezes, são cantados no palco com algumas lacunas, em especial quando a ópera tem por base um romance de grande sucesso e êxito à época de seu lançamento, sendo este o caso de "Lucia di Lammermoor", cujo libreto, de autoria de Salvatore Cammarano, teve por base o romance *The Bride of Lammermoor*, de Walter Scott, publicado em 1819. A exemplo de boa parte dos romances compostos sob a égide do Romantismo, trata-se de uma história de amor cujo final trágico anuncia-se já no início. Os elementos que compõem a trama do romance vão desde a exposição da crueldade de algumas personagens (sendo o irmão de Lucia o maior exemplo), a denúncia das ações movidas unicamente por interesses escusos (via de regra, interesses econômicos), culminando na morte trágica dos amantes – com o desaparecimento da família dos Ravenswood.

Como necessário, a transposição do romance ao libreto de uma ópera implica redução das páginas originais às dimensões comportadas na partitura da ópera, até porque é a música que conduz o desenrolar dos fatos na ópera – de modo que as lacunas no enredo são preenchidas pela música. Daí decorre também a redução do número de personagens e a alteração de alguns fatos (por exemplo, a morte de Edgardo Ravenswood se dá de forma diferente na ópera – na qual ele se fere mortalmente ao saber da morte de Lucia – e no romance – em que, ao ir ao encontro de outro irmão de Lucia, que sequer aparece na ópera, para com ele duelar, cai nas areias movediças características de certas regiões costeiras da Escócia). No tocante às lacunas, não custa recordar que determinados romances, pelo conhecimento que deles se tinha à época, apresentavam histórias conhecidas do grande público, de modo que, aquilo que hoje vemos como lacunas, passava despercebido por entre aqueles que tinham em suas mentes toda a trama do enredo.

No tocante à questão da forma de se retratar o amor, a ópera "Lucia di Lammermoor" certamente bem nos situa no quadro do amor concebido pelo Romantismo, cuja essência está na valorização do ser humano pela perspectiva dos sentimentos, com destaque ao sentimento amoroso. Justamente por isso, a questão "é possível morrer de amor?" é respondida de forma afirmativa e contundente pelo Romantismo – e, contrariamente, negada pelo Realismo. O amor é então concebido como uma força elementar, cósmica e anímica, de modo que o buscar deve ser um propósito, ainda que, para tanto, se atinja a morte. A morte, por sua vez, longe de ser vista como um simples fim, é vista como a possibilidade, muitas vezes a única possibilidade, de união dos amantes em um mundo espiritual, no qual as circunstâncias que impedem o relacionamento amoroso não existam. Isolda é, certamente, o paradigma dessa concepção romântica de amor, embora ela também apareça em "Lucia di Lammermoor", ainda que dentro da loucura de Lucia quando ela imagina poder encontrar seu amado no céu – no canto da ária "Spargi d'amaro pianto".

O melodrama italiano do século XVIII enfatiza o amor entre os amantes, com todas as suas conotações psicológicas e afetivas inseridas no mundo concreto. E, justamente por isso, na ópera italiana o amor é o *leitmotiv* de todas as ações, por mais complexas e desordenadas que elas pareçam ser. As personagens, em consequência, vivem, sofrem e morrem por amor – um amor ardente, apaixonado, pleno de obstáculos a serem vencidos. Daí a redução, em grau máximo, de ser a ópera italiana romântica uma constante variação de um mesmo tema: o final trágico dos amantes cujo amor não pode concretizar-se pelas mais diversas razões. Já em "Lucia di Lammermoor", a esses elementos adiciona-se a loucura gerada pela impossibilidade de concretização do amor, razão pela qual a famosa "ária da loucura" não tem função meramente ornamental ou demonstrativa das características do *bel canto*, mas serve como síntese da lição moral quanto aos riscos de se subestimar esse poderoso sentimento que parece a tudo mover.

DON GIOVANNI – A INCAPACIDADE DE (VERDADEIRAMENTE) AMAR

Fonte: Wikimedia Commons

A trama da ópera "Don Giovanni" (estreada em 1787, na cidade de Praga) é baseada em uma lenda medieval segundo a qual um jovem conquistador seduzira uma moça, vindo, posteriormente, a matá-la e, em seguida, também ao pai dela. Certo dia, em um cemitério, ele se deparou com a estátua do homem assassinado e, de modo desrespeitoso, convidou-a para jantar – para a desgraça do personagem central, a estátua aceitou. Referida lenda foi transposta para a literatura e para o teatro por diversos autores, sendo apontada a peça de teatro

"El burlador de Sevilla y convidado de piedra, de 1617", de autoria de Tirso de Molina, como a primeira dessas transposições. E assim desenvolveu-se o mito de Don Juan.

A ópera, cujo libreto é de autoria de Lorenzo da Ponte, é dividida em dois atos, cada qual com diversas cenas. No primeiro ato, em frente à residência de Donna Anna, em Sevilha, Leoporello aguarda seu patrão, Don Giovanni, que lá ingressara para praticar sua principal ocupação – seduzir mulheres. D. Anna, porém, tenta dele se desvencilhar, e seus gritos chamam a atenção de seu pai, o Comendador D. Pedro, que ali aparece em defesa da filha, que vai para o interior da residência, sucedendo-se um duelo entre o sedutor e o comendador. Este, porém, acaba sendo atingido e morto. Aparecem então D. Ottavio, noivo de D. Anna, ela e alguns criados. Ao se darem conta do ocorrido, juram vingança. Já em partida pelas suas andanças, D. Giovanni depara-se com uma dama que expressa amargura por um homem que a seduziu e, em seguida, abandonou-a. O sedutor vai, então, prestar-lhe consolo, mas percebe tratar-se de D. Elvira, a quem abandonara alguns anos antes. Em vista do caráter irascível de D. Elvira, D. Giovanni foge, ali permanecendo Leoporello que afirma àquela mulher que ela não foi a primeira e não será a última a ser enganada, passando a listar as mulheres que passaram pelo mesmo problema, fazendo-o por meio da área cômica "Madamina! Il catalogo è questo", na qual enumeram-se as 640 conquistas na Itália, 231 na Alemanha, 100 na França, 91 na Turquia e 1.003 na Espanha, estando entre elas mulheres de todos os tipos físicos e psicológicos. Em seguida, D. Giovanni visualiza uma festa – é o casamento de Masetto e Zerlina, dois camponeses. A noiva desperta a atenção de D. Giovanni, que passa a esforçar-se em seduzi-la, sempre com o auxílio de Leoporello. É quando D. Elvira aparece e novamente lança impropérios contra o protagonista. Em seguida, chegam D. Anna e D. Ottavio, que pedem ajuda a D. Giovanni para vingar a morte do comendador – até porque não sabiam, ainda, quem era o assassino. Nesse momento, D. Anna e D. Ottavio são alertados por D. Elvira acerca da personalidade de D. Giovanni, que passa a afirmar ser aquela mulher uma louca, apaixonada por ele. Assim que o protagonista deixa a cena, D. Anna percebe tratar-se do assassino de seu pai, pedindo a D. Ottavio que mantenha sua jura de vingança; ele concorda, pois, como ele afirma, sua paz de espírito depende da paz de D. Anna ("Dalla sua pace"). Na cena seguinte, Masetto censura sua amada pelas atenções por ela dispensadas a D. Giovanni. Em meio à continuidade dos festejos, aparecem D. Elvira, D. Anna e D. Ottavio fantasiados. De repente, ouvem-se gritos de socorro de Zerlina. D. Giovanni, sabendo estar em perigo, passa a culpar Leoporello perante todos pelo ocorrido, sendo, porém, desmentido pelo trio que ali ingressara fantasiado. Mesmo assim, consegue fugir.

No início do segundo ato, D. Elvira, sozinha, prediz o fim de D. Giovanni, ao mesmo tempo em que declara ainda amá-lo. Em seguida, o sedutor é atraído pela beleza da camareira de D. Elvira, trocando de roupas com Leoporello para poder enganar novamente D. Elvira e ingressar na residência. Em meio a tantas turbulências e perseguições, D. Giovanni e Leoporello refugiam-se em um cemitério, já durante a madrugada. A lua ilumina uma estátua equestre (justamente a estátua que se encontra sobre o túmulo do comendador assassinado por D. Giovanni), que pronuncia as seguintes palavras: "Seu riso terminará antes de romper a aurora". Questionando quem teria falado, novamente a estátua dirige a palavra a D. Giovanni: "Vilão audacioso, cala-te. Deixa os mortos dormirem em paz". Lê-se, nesse momento, a seguinte inscrição no túmulo: "Aqui aguardo vingança contra o ímpio que me assassinou". Sem se intimidar com aquela situação, D. Giovanni ordena a Leoporello que convide a estátua para jantar, ao que a estátua responde afirmativamente. Ainda sem nada temer, o protagonista deixa o local, indo para casa preparar o jantar. Na última cena do segundo ato, D. Giovanni encontra-se ceando alegremente – comendo, ouvindo música e acompanhado por belas mulheres – até que ali entra D. Elvira, pedindo a D. Giovanni que se arrependa enquanto é tempo. Ele, porém, ri dela e, logo em seguida, quando ela sai da residência, ouve-se um grito atemorizante. Leoporello vai ver o que acontecera, deparando-se com a estátua do comendador. Retorna ao seu posto, mas não consegue exprimir ao patrão o que vira. De repente, ouvem-se fortes batidas na porta, indo o próprio anfitrião abri-la. No entanto, antes que o fizesse, entra em cena uma estátua de pedra, afirmando ao anfitrião que, uma vez convidada a jantar, lá se encontrava. A perplexidade causada na plateia com a situação é aumentada quando se percebe que D. Giovanni permanece destemido e manda Leoporello colocar outro lugar à mesa. A estátua, para selar a aceitação do convite feito por D. Giovanni, pede a ele um aperto de mão, como garantia, momento em que o sedutor percebe que há algo de errado, entrando em desespero. Tenta deixar o local, mas as saídas estão bloqueadas por fumaça e fogo. D. Giovanni então desaparece, sendo puxado por seres demoníacos para o interior da Terra.

Em seguida, há um breve epílogo, no qual aparecem todos aqueles que, de alguma forma, buscavam vingança contra D. Giovanni; sendo informados por Leoporello sobre o que aconteceu, proclamam ser aquele o fim de todos que fizerem o mal.

Ao se narrar, nas breves palavras acima, a síntese da história de D. Juan transposta ao mundo da ópera, os questionamentos que advêm certamente são: 1) nesse contexto, em meio a tantos desencontros, confusões e situações aparentemente banais, onde está o amor?; 2) seria possível apreender algo sobre o amor por meio dessa história? Comecemos, porém, pela segunda questão, cuja resposta é afirmativa e que, em certa medida, responde a primeira. Devemos ressaltar que toda e qualquer narrativa tem algo a ensinar, sobretudo quando buscamos lições no plano moral (no plano do agir), já que, quando não há exemplos a serem imitados, conseguimos visualizar exemplos a serem evitados: muitas vezes, somos ensinados sobre como não agir. A busca do amor, no contexto da ópera "Don Giovanni", até pode ser bem-sucedida, mas não no que diz respeito ao personagem principal – e aí talvez resida a dificuldade em encontrá-lo. Conforme afirmado no programa da ópera distribuído por ocasião da apresentação da temporada de 2013 do Teatro Municipal de São Paulo, trata-se de

> *uma peça sobre a desordem do coração, logo, dos afetos. Os personagens vagam num mundo afogado em emoções e desejos violentos, tendo como tema central o "don juanismo", clássico na psicologia moral como símbolo do enlouquecimento do desejo.*

Excetuando-se, assim, o personagem protagonista, há casais na trama: Masetto e Zerlina representam os jovens casais que se unem por um amor simples e puro, dentro das convenções sociais vigentes, enquanto D. Anna e D. Ottavio representam os casais com um pouco mais de maturidade e cuja união encontra alguns empecilhos para se concretizar. D. Elvira, por seu turno, é a representação da não superação da decepção amorosa.

A ópera D. Giovanni, como um todo, explicita o confronto entre a vontade e a razão, transbordando o enredo da questão psicológica às questões morais e teológicas, sem se esquecer de atingir a política – há denúncias no enredo de valores que serão combatidos na Revolução Francesa, que já aponta no horizonte, há questionamentos diversos, ainda que colocados algumas vezes de modo cômico, sobre a ordem aristocrática reinante. Não há como negar, porém, que tal ópera se trata de um panfleto moral e conservador – até porque pregar o final infeliz a todo aquele que faz mal constitui-se verdade a ser defendida nos campos da ética, da política e da teologia.

Não devemos, porém, nos esquecer em momento algum de que o personagem central, D. Giovanni, é justamente aquele que recebe, ao final, a devida punição, de maneira que a análise da obra deve ser vista com primazia à verificação do que com ele ocorre. Trata-se de um homem dominado pelo desejo e incapaz de colocar limitações racionais à sua compulsão sedutora, chegando até mesmo a criar raciocínios artificiais para justificar-se: "o homem que é fiel a uma mulher é infiel a todas as demais". Seu individualismo radical, sua liberdade vista por ele próprio como ilimitada, sua incapacidade de empatia, sua desconsideração com o sentimento alheio e sua total ausência de medos (nem mesmo vozes ouvidas em um cemitério e a aparição de uma estátua que se encontrava no túmulo do homem por ele assassinado lhe impingem medo) apontam, como consequência, sua maior incapacidade: a de estabelecer e manter vínculos, o que redunda naturalmente na incapacidade de amar.

O amor existente na trama, portanto, está onde não estiver o protagonista, cujos atos destrutivos (em especial no que diz respeito ao sentimento das mulheres) e também autodestrutivos indicam uma outra força primordial – a morte, simbolizada na mitologia grega pelo Tártaro:

> *lugar brumoso e aterrorizante, cheio de mofo e sempre mergulhado na mais total treva. Tártaro se encontra nas profundezas de Gaia, nos mais distantes subsolos da terra. É neste lugar – que logo será identificado como o inferno – que os mortos, quando houver, serão lançados, assim como os deuses derrotados ou punidos.* (Ferry, 2009, p. 45)

Curiosamente, porém, o Tártaro é uma das forças ou entidades primordiais, assim como o são Caos, Gaia e o próprio Eros. A correlação entre o nada, a desordem (Caos), o chão firme e matriz de todos os outros seres que passarão a viver (Gaia), o amor como princípio primordial que traz os demais seres das trevas à luz (Eros) e o lugar subterrâneo que acolhe os mortos (Tártaro ou a própria morte) parece inevitável.

"Don Giovanni" vem, desse modo, mostrar e ressaltar um dos aspectos do amor: o fato de ele estar sempre acompanhado da desordem e da morte, sem que com isso perca sua força unificadora e iluminadora. Via de regra, apenas esta última característica do amor procura ser ressaltada. Todavia, Mozart conseguiu nos remeter à explicação mitológica pela qual amor, desordem, vida e morte caminham de mãos dadas, como forças primordiais da vida.

BREVE CONCLUSÃO

Como já afirmamos, a exposição sintética de algumas histórias de amor tem a finalidade de exemplificar conhecimentos que não conseguimos resumir a conceitos e teorias – o que continuaremos a afirmar no desenvolver deste livro. No entanto, por meio de tal exposição, é possível também indicar o que seria uma das finalidades da arte, o que fazemos sem nos descolar de alguns ensinamentos de Schopenhauer, para quem a "vontade" determina a predominância, no ser humano, dos apetites corporais, iniciando-se justamente com a sexualidade, passando, em momentos posteriores, às tendências afetivas (e aqui já estamos no domínio do intelecto). É contemplação da arte, a "contemplação estética", uma das formas de o homem ser liberto de forças tirânicas que o aprisionam, em especial os apetites corporais – eis a explicação para a insensibilidade de alguns diante de obras de arte. A ciência também tem essa função libertadora, mas a exerce por meio da via estreita da razão. A arte, em contrapartida, expõe-nos a conexão das coisas e dos fatos como se o fizesse por meio de uma lente de aumento, sob a forma de ideias que tendem à universalização. Como bem explica Fréderic Shiffter (2012, p. 67), justamente em notas sobre o pensamento de Schopenhauer:

> *na contemplação pictórica, na representação teatral, na leitura poética ou romanesca, acedemos a um conhecimento claro, distinto e cheio de júbilo de tudo que a Vontade produz no universo e em nós mesmos. Nisso, toda grande obra responde exatamente à definição escolástica da verdade: uma adequação entre a consciência e a realidade. A experiência estética nos dispensa das sempiternas gesticulações a que nos destinam nossos desejos, nos livra da dor e do tédio que cadenciam nossa vida, nos protege, ao menos momentaneamente, da ilusão.*

Em síntese, a contemplação estética presta-nos um grande serviço, auxiliando, como nenhum outro instrumento, em nossa tentativa de entender o amor como ente abstrato, e o sentimento amoroso como algo do qual não conseguimos escapar.

> *Como nos enganamos fugindo ao amor!*
> *Como o desconhecemos, talvez com receio de enfrentar*
> *sua espada coruscante, seu formidável*
> *poder de penetrar o sangue e nele imprimir*
> *uma orquídea de fogo e de lágrimas.*
> (Carlos Drummond de Andrade)

Conhecemos muito poucas coisas, mas a certeza de que devemos sempre preferir o difícil, nunca nos deve abandonar. É bom estar só, porque a solidão é difícil. Se uma coisa é difícil, motivo mais forte para a desejar. Amar também é bom, porque ***amor é difícil****. O amor de um ser humano por outro é talvez* ***a experiência mais difícil para cada um de nós, o mais superior testemunho de nós próprios, a obra absoluta em face da qual todas as outras são apenas ensaios*** *(...) Assim, para o que ama, durante muito tempo e até durante a vida,* ***o amor é apenas solidão*** *solidão cada vez mais intensa e profunda. O amor não consiste em uma criatura se entregar se unir a outra logo que se dá o encontro. (...)* ***O amor é a oportunidade única de sazonar de adquirir forma, de nos tornarmos universos para o ser amado****. É uma* ***alta exigência****, uma* ***cupidez sem limites****, que faz daquele que ama um eleito solicitado pelos mais largos horizontes.*

(*Rainer Maria Rilke* – Cartas a um Jovem Poeta grifos nossos)

ALGUNS TRAÇOS DO AMOR

AINDA QUE NÃO TENHAMOS CONSEGUIDO definir o amor – até porque nossa conclusão já antecipada foi pela impossibilidade de fazê-lo – pudemos, por meio de considerações e exemplificações de "histórias de" ou "sobre o" amor, visualizar algumas de suas características, que não necessariamente são harmônicas entre si. Apontamos, dessa maneira, as principais características do amor-paixão ("eros"), retomando algumas das histórias anteriormente referidas, bem como indicando outras que poderiam constar no rol anterior.

A ALIENAÇÃO PRODUZIDA PELO AMOR E A CORROSÃO DA REALIDADE

A palavra alienação, em seu sentido mais comum, significa perda (parcial ou total) das faculdades mentais. Em matéria amorosa, o apaixonado sai de si mesmo e se perde naquilo que imagina do outro. É nesse contexto que Barthes (2003, p. 3) fala em "abismar-se" como sendo a "onda de aniquilamento que sobrevém ao sujeito amoroso por desespero ou plenitude". É também essa mesma alienação que gera o sentimento puramente exclusivista, mais conhecido como ciúme – "sentimento que nasce no amor e que é produzido pelo temor de que a pessoa amada prefira um outro" (Barthes, 2003, p. 67) e que gera múltiplos sofrimentos:

> *como ciumento, sofro quatro vezes: porque sou ciumento, porque me reprovo por sê-lo, porque temo que meu ciúme fira o outro, porque me deixo sujeitar por uma banalidade: sofro por ser excluído, por ser agressivo, por ser louco e por ser comum.* (Barthes, 2003, p. 69)

Certamente, esse perder-se, esse abismar-se e esse sofrimento gerado pelo ciúme são um dos sintomas do amor em seu caráter patológico, caráter este que pode evoluir ao extremo, tal qual ocorre em *Otelo* (1604), a célebre tragédia de Shakespeare. Otelo, o mouro de Veneza, é um príncipe africano que se une aos cristãos para combater os turcos e que se apaixona por Desdêmona, filha de um senador veneziano, a quem desposa secretamente. A vida conjugal de Otelo e Desdêmona, entretanto, passa a ser turbada pela atuação de Iago, um oficial a ele subordinado, que pouco a pouco planta na mente e no coração de Otelo a falsa suspeita da infidelidade de Desdêmona. Otelo torna-se, assim, vítima de uma loucura crescente, que culmina no assassinato de Dêsdemona, na posterior descoberta dos planos de Iago e no suicídio do mouro. Temos, aqui, um verdadeiro drama do ciúme, no qual a vítima dele faz outra vítima, sendo ambas inocentes. É em meio a essa inocência que se sobressai a face tenebrosa de Iago, um representante da baixeza da alma humana, cuja alma, "enclausurada nas trevas", não se permite o amor e, ao mesmo tempo, passa a nutrir maus sentimentos por quem o possui. De qualquer forma, os contornos de dramaticidade da peça somente são possíveis a partir da atuação de Iago, personagem ao qual Giuseppe Verdi, em 1887, conferiu tratamento especial na ópera "Otelo". É Iago o responsável pela visão corroída da realidade experimentada por Otelo.

Ainda dentro do aspecto da alienação, nunca é demais recordar que o amor, em especial em seus níveis patológicos, abandona, em diferentes medidas, as normas e as convenções.

> *Clichês, frases feitas, adesão a códigos de expressão e conduta convencionais e padronizadas têm a função socialmente reconhecida de proteger-nos da realidade, ou seja, da exigência de atenção do pensamento feita por todos os fatos e acontecimentos em virtude de sua mera existência.* (Arendt, 2012, p. 18-9)

No campo do amor-paixão, todavia, não se busca proteção; antes, busca-se justamente a exposição, sem medo dos abismos que a ela sucederão, sem medo do ridículo. As convenções perdem sua função em decorrência da alienação produzida. "Qualquer amor já é um pouquinho de saúde, um descanso na loucura", afirma Riobaldo (Rosa, 2001, p. 327).

Atrelada a essa alienação (enquanto perda parcial ou total das faculdades mentais, geradora do ciúme e do abandono de normas e convenções) está a corrosão da realidade. O sujeito amoroso afasta-se da realidade, colocando em seu lugar uma construção imaginária e por ele idealizada. Além disso, conquanto essa construção seja deturpada e ao mesmo tempo deturpadora da realidade, o sujeito amoroso não consegue substituí-la por nenhuma outra, de modo que a ausência da idealização conduz a uma situação de vazio praticamente absoluto. Em outras palavras, nenhuma substituição, ainda que também imaginária, compensa o sentimento de perda da idealização ainda viva. Ademais, a objetividade das situações se perde e sequer a descrição de fatos e do ser/objeto amado pode ser feita de modo a levar o interlocutor a visualizar, de uma forma minimamente isenta e objetiva, o que se descreve. Como exemplo, veja-se a descrição que Jane Eyre, uma de nossas personagens favoritas, faz de seu amado, seu patrão Rochester:

> *O rosto descorado e a cor de azeite de meu patrão, sua testa quadrada e massiva, as sobrancelhas largas e negras, os olhos profundos, os traços fortes, a boca firme e austera – tudo expressando energia, decisão, vontade – não eram belos, pela regra geral; mas para mim eram mais que belos: eram cheios de um interesse, de uma influência que me dominavam inteiramente – que roubavam meus sentimentos de meu poder e os acorrentava ao dele.*

No mesmo sentido, mas com a linguagem poética característica da obra, afirma Riobaldo em *Grande Sertão: Veredas*: "Diadorim é a minha neblina". Já em sua linguagem mais incisiva (e, portanto, menos poética), assevera Nietzsche (2012, p. 17) que "às vezes bastam óculos mais fortes para curar um apaixonado". Não deixemos passar despercebido, porém, o termo "às vezes", com o que se pode indicar que, às vezes, nem mesmo "óculos mais fortes" são suficientes para curar a visão do amante.

Não podemos nos esquecer, porém, de que parte da alienação decorrente do sentimento amoroso, bem como a visão turva da realidade, são também consequências da postura dos amantes, que agem buscando evidenciar determinadas características pessoais e, consequentemente, esconder outras. Nas palavras de Nietzsche, "o amor traz a lume as qualidades mais elevadas e mais secretas de quem ama, aquilo que nele há de raro, de excepcional e com isso engana facilmente acerca daquilo que nele é regra" (Aforismo 163). Na mesma proporção, o amor gera uma idealização do ser amado – idealização cujo desfazimento se mostra tarefa bastante árdua e a qual Stendhal (2011, p. 14) denominou "cristalização", explicada como um fenômeno "que vem da natureza que nos comanda ter prazer e envia-nos sangue ao cérebro do sentimento de que os prazeres aumentam com as perfeições do objeto amado". À cristalização, porém, segue-se a dúvida, que é seguida por uma segunda cristalização – mas aqui entramos na característica sobre a qual falaremos no item seguinte.

Da conjunção dessas duas primeiras características do amor, alienação e idealização, chegamos, no ápice, à possibilidade de ser a loucura gerada em meio ao sentimento amoroso, na verdade, decorrente da impossibilidade de correspondência ou de concretização. É o que bem retrata "Lucia di Lammermoor", ópera tratada anteriormente, e também o romance *Madame Bovary*, de Gustave Flaubert[57] (1821-1880), do qual deriva o termo "bovarismo", que designa a insatisfação com a própria realidade, em especial em matéria de relacio-

57 Por conta do romance *Madame Bovary*, que tem como cerne as relações adulterinas da personagem principal, o escritor Gustave Flaubert foi processado judicialmente (pelo mesmo procurador que iniciou o processo contra Baudelaire por conta dos poemas da obra *As Flores do Mal*, tidos como atentatórios à boa moral). Foi, contudo, absolvido em 1857, servindo o processo para dar notoriedade ao romance.

namentos amorosos, em virtude da impossibilidade de se assumir uma posição crítica com relação a ela. Uma breve síntese do romance ajudará a compreender o termo "bovarismo" e sua adequação às características do amor que são apontadas neste tópico.

A ação de *Madame Bovary*[58] se passa na região da Normandia (França), em meados do século XIX. Emma Rouault, filha de fazendeiros, casa-se com Charles Bovary, médico do interior. Emma desencanta-se com o matrimônio e pensa haver encontrado o verdadeiro amor no jovem Léon, um escrivão. Novamente frustrada, conhece e envolve-se com um aristocrata provinciano chamado Rodolphe Boulanger, hábil sedutor, belo, rico e dono de uma propriedade nos arredores da cidade, com quem pensa em fugir, em seus sonhos, para a Itália, onde então consumaria o grande amor de sua vida. O relacionamento chega ao fim quando Emma, esgotada pela vida dupla que levava, tenta convencer Rodolphe a fugir com ela e ele, por sua vez, termina o relacionamento da mesma maneira fácil como o iniciou: "Coragem, Emma! Coragem! Não quero arruinar sua vida", escreve ele na carta de despedida. Novamente frustrada, reencontra Léon, com quem passa a manter um relacionamento extraconjugal. Afunda-se em dívidas e em dúvidas, reconhecendo, porém, a mesquinhez dos relacio-

58 O enredo de *Madame Bovary* foi inspirado na história de Delphine Delamare, esposa de um médico da província de Ry, na Normandia, e mãe de uma única filha. Em decorrência de suas relações adulterinas, Delphine contraíra dívidas, vindo, ao final, a suicidar-se antes de completar 30 anos de idade. Flaubert soube da história por meio dos jornais locais, aproveitando-a como base para seu romance.

namentos fracassados. Por fim, comete suicídio, tomando arsênico. A história, aparentemente banal, se lida com a devida atenção, aponta para o dilaceramento provocado pela não correspondência da realidade às aspirações desenvolvidas a partir de leituras da adolescência e das quimeras sentimentais. Se essa ausência de amadurecimento de Emma provoca piedade por um lado, por outro serve para que a personagem principal aponte, ainda que não intencionalmente, a hipocrisia social e a mediocridade que a cerca. Os ímpetos de Emma são, em verdade, retrato da alma humana em seus desejos comumente contidos. Emma seria, assim,

> *uma Isolda sem Tristão, uma Julieta sem Romeu; ela ilustra a infelicidade de amar, não em meio às tempestades da paixão universal, mas na dimensão trágica entre o desejo de amar e a impossibilidade de realizar-se no amor.* (Lanot, 2007, p. 52)

Presa em suas quimeras, Emma não consegue atingir a realidade, passando, paulatinamente, a conscientizar-se de que teria vivido apenas experiências fictícias, representações, simulacros de realidade. Esse não contato com a realidade, muitas vezes provocado pelo sentimento amoroso, essa incapacidade de desenvolver um senso crítico diante da realidade, é o que podemos denominar "bovarismo".

Por outro lado, não menos cruel e difícil se mostra a capacidade de, em dado momento, tornar-se apto a conhecer e analisar a realidade, pois a análise crítica dessa realidade pode ser um verdadeiro reconhecimento do "tempo perdido", como nas palavras de Charles Swann, nas derradeiras palavras da segunda parte de *No Caminho de Swann* (o primeiro dos oito volumes de *Em Busca do Tempo Perdido*, de autoria de Marcel Proust [1871-1922]): "E dizer que desperdicei anos da minha vida, que desejei morrer, que vivi meu maior amor, por uma mulher que não me agradava, que não fazia o meu tipo!". Expliquemos sucintamente: na segunda parte de *No Caminho de Swann*, narra-se a relação amorosa entre Charles Swann e Odette de Crécy: ele, um esteta elegante; ela, uma jovem inculta, inconsequente e, sobretudo, infiel. O romance ganha corpo com o jovem Swann justificando (ou ao menos tentando fazê-lo), *a posteriori*, seus sentimentos pela infiel Odette e com a narração precisa do ciúme por ele sentido, sendo tal sentimento motivado pela suspeita constante de traição. Além disso, há momentos de percepção do jovem acerca da vulgaridade e das mentiras dela, sendo culminante a descoberta quanto à vida que ela levava anteriormente. Todavia, o sentimento amoroso (a paixão) dita as regras, e ele acaba por se casar com ela. Do matrimônio nascerá Gilberte, a amante do narrador da história. Por meio do enredo construído, Proust responde à questão "o que é o amor?" como sendo o desejo incontrolável de amar, o sofrer, o tornar-se escravo desse desejo/sentimento, o projetar representações (estéticas e eróticas) mentirosas. É por isso que o personagem Swann deseja e ama Odette com todas as suas forças, mas não se trata da Odette como objeto do conhecimento; antes, trata-se da imagem de Odette que ele mesmo construiu. Curiosamente, entretanto, desenvolve-se o desejo, acompanhado de sofrimento, de perder-se na imagem criada.

Em suma, seja perdendo-se na ilusão criada (como ocorre com Emma Bovary), seja retomando, ao final, o contato com a realidade (como ocorre com Charles Swann), o certo é que a produção da alienação e a visão deturpada da realidade fazem-se, em regra, presentes durante o sentimento amoroso. Preferir perder-se na ilusão ou retomar o contato com a realidade é questão por demais pessoal, cabendo a cada um optar de acordo com suas características, seus anseios e suas perspectivas; mas não nos enganemos: mesmo retomar o contato com a realidade – a tentativa de fazê-lo – não deixa de ser um caminho sem volta ou um reconhecimento sobre o "tempo perdido".

A PERENE INSATISFAÇÃO

O ato de amar consiste no ato de desejar algo, pois amor é, em larga medida, desejo. Enquanto não possuído o objeto amado, o amante perde-se no desejo nutrido (carência). Possuído o objeto amado (sensação de plenitude ou de abundância), surge com toda força o medo de perdê-lo. Esse medo tem apenas por objeto a perda do que amamos. Nos precisos apontamentos sobre a questão, discorre May (2012, p. 321) que "o medo é constitutivo do amor", e afirma Stendhal (2011, p. 260), "o apaixonado sempre teme". Poder-se-ia imaginar que o verdadeiro estado de quietude seria decorrente de estar junto ao objeto amado, a supressão da separação. Essa quietude, entretanto, vê-se turbada pelo receio da perda, de modo que a insatisfação permanece, ainda que sob sentimento diverso. Ainda em May (2012, p. 279) lemos que

> *o medo do isolamento e do desamparo estrutura o amor e confere-lhe sua enorme urgência. Nascido do medo, vivendo no medo e por vezes morrendo de medo, o amor persegue a meta impossível de possuir uma pessoa estranha que ungimos de maneira frenética e sob muitos aspectos arbitrária como "a única", ainda que ela possa não nos agradar realmente.*

Nesse contexto, o desejo pode ser apontado como parte integrante da estrutura do amor, posto que o desejo inicial de possuir é sucedido pelo desejo posterior de não perder, em um ciclo interminável. Esse desejo posterior, por sua vez, é gerador de uma peculiar angústia, definida por Barthes (2003, p. 25) da seguinte maneira:

> *o sujeito amoroso, ao sabor de tal ou qual contingência, sente-se tomado pelo medo de um perigo, de um ferimento, de um abandono, de uma reviravolta – sentimento que ele exprime sob o nome de angústia.*

Junto à angústia, a incerteza povoa a mente e dela se apodera por completo. A experiência da incerteza, contudo, "quando não exaure as forças do pensamento, conduz a tentativas de recompor as possibilidades humanas segundo as exigências de lucidez que sobrevivem às ilusões perdidas" (Leopoldo e Silva, 2007, p. 89). É daí que advém a consciência da precariedade de nós mesmos e de nossos relacionamentos, como demonstração simples e clara de nossa finitude (característica a ser posteriormente explorada). Podemos, então, pensar em um amor infinito, mas ele não será o amor que sentimos, pois nossa condição humana assim não nos permite. Em outras palavras, expressamos em nossa finitude a parcela de algo maior, e com isso devemos nos contentar para que a insatisfação não aumente a ponto de não conseguirmos recompor nossas possibilidades.

O caráter perene da insatisfação é muito bem expresso no vetor "carência/desejo → satisfação → novo desejo → nova carência → nova satisfação", etc., ou, ainda, na já citada definição dada por Ferry (2013, p. 67): "o amor erótico, o amor-paixão (sexual principalmente), tem de particular o fato de se nutrir às vezes mais da ausência do que da presença". Na precisão própria da linguagem filosófica de um filósofo de sistema, encontramos em Schopenhauer (2005, p. 266), o seguinte excerto de sua maior obra:

> *Todo QUERER [alguns traduzem como desejo] nasce de uma necessidade, portanto de uma carência, logo, de um sofrimento. A satisfação põe um fim ao sofrimento, todavia, contra cada desejo satisfeito permanecem pelo menos dez que não o são. Ademais, a nossa cobiça dura muito, as nossas exigências não conhecem limites; a satisfação, ao contrário, é breve e módica. Mesmo a satisfação final é apenas aparente: o desejo satisfeito logo dá lugar a um novo: aquele é um erro conhecido, este um erro ainda desconhecido. Objeto algum alcançado pelo querer pode fornecer uma satisfação duradoura, sem fim, mas ela se assemelha sempre apenas a uma esmola atirada ao mendigo, que torna sua vida menos miserável hoje, para prolongar seu tormento amanhã.*

Mesmo para quem não vivencia, mas apenas assiste, ao desenrolar de uma relação amorosa, é a possibilidade do insucesso que comove e mantém desperto o interesse no que se seguirá – e talvez por isso os contos de fada, fadados ao tédio e destinados às crianças e aos adultos infantis, terminam, abruptamente, com "e viveram felizes para sempre". Essa felicidade perene e constante em meio à situação amorosa é tediosa e pobre em narrativas e descrições. Daí a necessidade de se pôr um ponto final no conto após a constatação de que os amantes passaram a viver felizes... E, pior, para sempre! Nas palavras de Rougemont (2003, p. 71),

> *a felicidade dos amantes só nos comove pela expectativa da infelicidade que os ronda. É necessária essa ameaça da vida e das realidades hos-*

tis que a afastam para longe. A saudade, a lembrança, e não a presença, nos comovem.

A CONSTANTE TENDÊNCIA À TURBULÊNCIA

Iniciemos este tópico com a última frase de um dos aforismos de Nietzsche (2012, p. 14): "em nenhum amor existe repouso". Seguimos, então, com transcrição de um excerto de Schopenhauer (2011, p. 82), um dos poucos pensadores admirados por Nietzsche, sendo o fragmento uma verdadeira síntese, quase à exaustão, do que pode ser dito a respeito dessa característica do amor:

> *absorve continuamente as forças da porção mais jovem da humanidade, que é a finalidade última de quase todo o esforço humano, que exerce influência perturbadora nos negócios mais importantes, que interrompe a todo momento as mais sérias ocupações, que por vezes deixa em confusão os maiores espíritos, que não tem escrúpulo em atrapalhar com suas frivolidades as negociações diplomáticas e os trabalhos dos sábios, que chega até a introduzir os seus bilhetinhos meigos e os seus cachinhos de cabelos nas pastas dos ministros e nos manuscritos dos filósofos, urdindo, todos os dias, as piores e mais intrincadas disputas, que rompe as mais preciosas relações, desfaz os mais sólidos laços, torna vítima a vida, às vezes a saúde, riqueza, situação e felicidade, e faz do homem honesto um homem sem honra, do leal um traidor, que parece ser um demônio malfazejo que se empenha em transformar, confundir e destruir tudo.*

Diante da mera possibilidade de ocorrência do amor, não se permanece na passividade; com sua ocorrência, perde-se qualquer paz até então intacta – e aqui nos parece que o simbolismo da relação entre o Cosmo e o Caos na mitologia grega clássica revela-se perfeita: o Cosmo não se constitui a partir da eliminação do Caos, mas de seu aprisionamento. Mantido vivo, há momentos em que o Caos se manifesta, com toda a sua força, contrário à ordem cósmica estabelecida. Se não se pode passar ileso pela vida – que, independentemente de como é vivida, deixa marcas no ser vivente, muitas delas indeléveis –, no que diz respeito ao amor, essa impossibilidade é ainda mais marcante. Conforme afirma a narradora de Jane Eyre,

> *em vão se diz que os seres humanos deveriam achar satisfação na tranquilidade: eles precisam de ação; e, se não conseguem achá-la eles a inventam. (...) Ninguém sabe quantas rebeliões, a par das políticas, fermentam nas numerosas vidas que povoam a terra.*

Essa tônica da vida é acentuada diante do sentimento amoroso, que se torna, desse modo, escravizador. Nesse aspecto, parece que o pensamento romântico acertou ao dispor que a força dos afetos/sentimentos molda nossas consciências e, portanto, nossas ações. Mesmo a moral, como freio a alguns de nossos desejos, não se mostra de todo racional, pois, em muitos momentos, parece sujeitar-se aos frutos traiçoeiros do desejo – sem contar todos os questionamentos feitos na Pós-modernidade, notadamente com base no pensamento de Nietzsche acerca da origem das normas morais que regem a vida social. Assim, podemos falar que não somos tão autônomos como pensavam Kant e alguns outros filósofos, os quais, defensores dos preceitos teóricos da Modernidade, certamente acreditavam no poder da razão, dela excluindo o desejo e concebendo-na como impermeável ao desejo enquanto elemento da desordem e da irracionalidade. Não se quer afirmar, entretanto, que não há possibilidade de que a racionalidade/moralidade consiga colocar alguns freios, ainda que mínimos, ao sentimento amoroso, notadamente quando este se manifesta em seu viés destruidor. Quer-se afirmar, antes, que tal possibilidade é remota (e, talvez por isso, louvável quando conseguida). A ausência total de freios certamente conduzirá à constante e incessante turbulência, e muito provavelmente à autodestruição, consoante palavras bem ilustrativas a respeito na letra de uma canção:

> *Em cada esquina cai um pouco a tua vida*
> *Em pouco tempo não serás mais o que és*
> *Ouça-me bem amor*
> *Preste atenção, o mundo é um moinho*
> *Vai triturar teus sonhos, tão mesquinhos*
> *Vai reduzir as ilusões a pó*
> *Preste atenção, querida*
> *De cada amor tu herdarás só o cinismo*
> *Quando notares estás à beira do abismo*
> *Abismo que cavaste com os teus pés.*
> *(O Mundo é um Moinho – Cartola, 1976)*

Em diversas situações, quando o mundo pode, de fato, ser comparado a um moinho triturador, conseguimos perceber que o que move esse moinho é o amor descontrolado, fora dos eixos, ou, em outras palavras, o amor caracterizado pela *hybris* de que tanto falavam os gregos. Esse amor descontrolado pode ser denominado "paixão", sendo que, talvez, apenas com a superação dele possamos atingir o que foi declarado por uma das personagens do diálogo central do pensamento platônico *A República*:

Pois grande paz e libertação de todos esses sentimentos é a que sobrevém na velhice. Quando as paixões cessam de nos repuxar e nos largam, acontece exactamente o que Sófocles disse: somos libertos de uma hoste de déspotas furiosos (329c).

De qualquer forma, o amor, desde sua origem, parece depender dos obstáculos a serem vencidos. Nas precisas palavras de Stendhal (2011, p. 259), "o sucesso muito fácil logo tira o encanto do amor: os obstáculos dão-lhe valor".

A GRANDE POSSIBILIDADE DE FRUSTRAÇÃO

Verifica-se, de maneira praticamente intuitiva, a quase impossibilidade de realização do amor da forma mais plena. Tal qual observado por Fromm (1976, p. 23), "dificilmente haverá qualquer atividade, qualquer empreendimento que comece com tão tremendas esperanças e expectativas e que, contudo, fracasse com tanta regularidade, quanto o amor". No mesmo sentido do psicanalista alemão, encontramos afirmações provenientes de outras áreas do pensamento. Heidegger, importante filósofo do século XX, citado por Bauman (2004, p. 9), afirma que "as coisas só se revelam à consciência por meio da frustração que provocam – fracassando, desaparecendo, comportando-se de forma inadequada ou negando sua natureza de alguma forma". Eis a forma mais eficaz como o amor se revela, não apenas aos amantes, mas também aos espectadores. Ou, ainda, no mesmo sentido, nas palavras de Rougemont (2003, p. 24), "o amor feliz não tem história. Só existem romances do amor mortal, ou seja, do amor ameaçado e condenado pela própria vida"; é o aprendizado pela dor.

O frustrar-se diante do sentimento amoroso, sobretudo o não ser correspondido, porém, não abre espaço para a reação imediata, uma vez que os sentimentos de ressentimento e mágoa não se satisfazem ou não se compensam com a vingança pela não correspondência. Essa vingança não sana a dor gerada pelo amor não correspondido, mas acentua os sofrimentos, trazendo mais dor e levando a reconhecer a própria fraqueza e impotência. O mistério quanto ao outro (a quem se dirige o sentimento amoroso) permanece, assim como a dor e o sentimento de mágoa, como verdadeira perpetuação da frustração. No entanto, dizer que a vingança não resolve a situação, mas acentua seus aspectos negativos, soa como uma ordem de contenção por uma exigência lógica, um verdadeiro uso concentrado da inteligência. E então retornamos a uma das máximas a que não renunciamos em qualquer momento – o amor tende à irracionalidade. Por outras palavras, estamos afirmando que a máxima moral de contenção proclamada dificilmente será obedecida em matéria amorosa, notadamente diante de uma situação de não correspondência ou de rejeição, até porque, nas palavras do inigualável Machado de Assis, "amor repelido é amor multiplicado". Então, vejamos bem, a ausência de plena autonomia do ser humano (ou da razão humana) diante dos sentimentos que o escravizam e a insatisfação constante referida no item anterior (insatisfação pelo desejo ou pelo receio da perda) ajudam a explicar a frustração que, via de regra, acompanha o sentimento amoroso. Ocorre que tal frustração, quando não devidamente digerida, provoca o ápice da turbulência – e não estamos falando da turbulência constante e suportável anteriormente referida, mas de um momento culminante dessa situação. É esse o momento culminante ressaltado na máxima do dramaturgo inglês William Congreve (1670-1729): "o inferno não contém fúria igual à de uma mulher rejeitada", que encontra ressonância no pensamento de Nietzsche (2011, p. 95): "Na vingança e no amor, a mulher é mais bárbara que o homem" [Aforismo 139]. Se em tais máximas é a situação feminina retratada, não nos equivoquemos em pensar que com o homem rejeitado o mesmo não poderia se dar. É certo que a literatura e a ópera parecem ter se dedicado com maior afinco à demonstração de ícones femininos desse fenômeno, que podemos chamar de "tsunami psíquico derivado do sentimento de rejeição amorosa". Confira-se o que ocorre no mito de Medeia, transposto à tragédia grega por Eurípides; na história de João Batista que rejeita Salomé e na ópera "Cavaleria Rusticana", de Mascagni. Todavia, há também exemplos masculinos desse fenômeno: Don José mata Carmem (na ópera "Carmen", de George Bizet) ao ser rejeitado por ela; Canio mata Nedda na ópera "Pagliacci" (de autoria de Ruggiero Leoncavallo). Esses personagens masculinos matam enquanto cantam o amor por suas vítimas. Nessas situações apoteóticas, a plena dedicação e os esforços desmedidos em tornar a vida do outro um verdadeiro inferno na terra podem perdurar por muito tempo ou, ao contrário, serem abreviados com a provocação da morte. Eis a síntese de muitos crimes passionais. E talvez aqui devemos nos valer de forma um pouco mais precisa do vocábulo "paixão", que serve para designar um estágio amoroso – certamente, o estágio mais interessante, posto que nele é que se verificam com maior intensidade e clareza as características do amor que aqui indicamos. A esse respeito, a etimologia vem a nosso socorro: "paixão" deriva do latim *passio*, cuja melhor tradução é sofrimento (eis o significado da tão simbólica "Paixão de Cristo", retratada nos Evangelhos).

Pensando-se em uma possível estabilidade da relação amorosa, até podemos cogitar o fim das turbulências, o fim do sofrimento ou, simplesmente, o fim da paixão – o que não significa o fim do amor, pois, como afirmamos há pouco, a paixão deve ser vista como um dos estágios (mas não o único) da relação amorosa. Não se trata, porém, de um estágio que necessariamente será superado e tornado objeto do passado, posto que os ventos sopram, as situações alteram-se e, em dado momento, a paixão reacende-se – é a volta da turbulência e do sofrimento (muitas vezes, um sofrimento desejado, por ser ele que nos tira do tédio de uma vida traçada de maneira cartesiana). No entanto, não nos esqueçamos: a esperança de possuir outra pessoa em sua plenitude está fadada ao desapontamento, a uma nova frustração. Um amor plenamente factível, que pode se realizar desde o início, sem sobressaltos e sem a necessidade de vencer obstáculos, perde parcela de seu encanto e fica isento de fatos que o comprovem.

O CARÁTER UNIFICADOR

O amor é a mediação, o laço que prende o que ama e aquilo a que se ama. Nesse passo, se é verdade que cada um de nós nasce e vive no isolamento, o amor nos faz ultrapassar esse isolamento. Não percamos de vista que a união não necessariamente implica união física, mas, muitas vezes, "união de almas", conforme palavras utilizadas por Abelardo. Dessa união, todavia, não necessariamente provêm benefícios, podendo dela advirem as piores tragédias – Anna Kariênina e a Sra. de Rênal[59] que o digam. Não deixemos de frisar, entretanto, que esse laço é de uma resistência ímpar – resiste às circunstâncias mais desfavoráveis, contraria a lógica, ten-

---

59 Personagem do romance *O Vermelho e o Negro*, de Stendhal.

ta revogar as leis morais, procura justificar o injustificável. Sem a prova dessa resistência, o sentimento que estará em voga será outro, mas certamente não o amor. Nas palavras de Shakespeare,

> *amor não é amor*
> *se se alterar ao ver alteração*
> *ao curvar a qualquer pôr e dispor.*
> *Ah, não, é um padrão sempre constante*
> *que enfrenta as tempestades com bravura;*
> *é a estrela a qualquer barco navegante, de ignoto poder,*
> *mas dada altura.*

Referida resistência gerada é a prova do caráter unificador, sendo um forte laço não apenas entre pessoas (ou entre pessoas e coisas), mas também um verdadeiro laço para com a vida. Eis o sentido da expressão "enraizamento ontológico" utilizada por May (2012, p. 19), que assim discorre:

> *O amor, vou argumentar, é o enlevo que sentimos por pessoas e coisas que inspiram em nós a esperança de uma fundação indestrutível para nossa vida. É um enlevo que nos faz empreender – e sustenta – a longa busca de uma relação segura entre nosso ser e os delas. Se todos nós temos a necessidade de amar, é porque todos precisamos nos sentir em casa no mundo: enraizar nossa vida no aqui e no agora; dar à nossa existência solidez e validade, aprofundar a sensação de ser; capacitar-nos para experimentar a realidade de nossa vida como indestrutível (ainda que aceitemos também que ela é temporária e terminará na morte).*

A IMPOSSIBILIDADE DE PLENO CONHECIMENTO – A INCOGNOSCIBILIDADE

Uma das grandes questões enfrentadas pela Filosofia, mais especificamente pela Epistemologia, diz respeito à possibilidade e aos limites do conhecimento humano. A esse respeito, contrapõem-se, de forma bastante genérica, os céticos (que negam a possibilidade de conhecimento ou a possibilidade de apreensão do objeto do conhecimento pelo sujeito que o procura conhecer ou, ainda, a possibilidade de comprovação daquilo que se pensa saber) e os dogmáticos (que afirmam a possibilidade de conhecimento, bem como a possibilidade de sua comprovação, ou seja, o sujeito é apto a apreender o objeto do conhecimento). Em um meio-termo, encontramos correntes de pensamento como a Fenomenologia, segundo a qual se faz possível unicamente o conhecimento dos "fenômenos" (das impressões daquilo que se pretende conhecer), e não dos "númenos" (das coisas em si mesmas); em outras palavras, não conhecemos as coisas como elas são (a essência das coisas), mas como nos aparecem.

Em matéria de amor, parece-nos que a Fenomenologia ajuda a explicar a possibilidade de conhecermos as impressões sobre ele, quer sejam impressões oriundas de nossa vivência ou de impressões originadas na experiência alheia, mas nunca ele próprio, sua essência. É nesse sentido que concebemos o amor como incognoscível – não o conhecemos em si, mas conhecemos impressões diversas, originadas de diferentes fontes, que nos possibilitam traçar sobre ele um esboço. Cada qual, entretanto, traçará em seu intelecto um esboço peculiar e próprio – que pode assimilar-se a uma série de rabiscos que nenhuma outra pessoa conseguirá entender ou, ainda, um retrato muito próximo e fidedigno da realidade. Não nos esqueçamos, porém: um retrato não é a coisa em si, mas apenas uma representação dela. É essa característica que nos possibilitará lidar com representações tão díspares acerca desse relevante sentimento. Nas palavras de May (2012, p. 303):

> *Durante grande parte de sua história, o amor foi prisioneiro de uma obsessão com opostos. Ele é egoísta ou desprendido; possessivo ou submisso; gerador de ilusões ou interessado na verdade; condicional ou incondicional; inconstante ou duradouro; atolado em fantasia ou uma janela privilegiada para a realidade. E em todos os casos é considerado o apogeu, o paradigma, da qualidade em questão.*

A origem dessa diversidade de representações reside não apenas nas vivências pessoais e na diferenciação de fenômenos (no sentido fenomenológico aludido anteriormente), mas também nas individualidades que moldam nossa visão de mundo – e consequentemente também nossa visão sobre o amor. Em mais uma de suas brilhantes e significativas metáforas, afirma Machado de Assis que

> *a alma da gente, como sabes, é uma casa assim disposta, não raro com janelas para todos os lados, muita luz e ar puro. Também as há fechadas e escuras, sem janelas, ou com poucas e gradeadas, à semelhança dos conventos e das prisões (in.: Dom Casmurro).*

Talvez, não por acaso, a metáfora tenha sido construída na obra em que os desacertos de toda uma vida sejam decorrentes do não saber amar, o que seria próprio daqueles cujas almas sejam semelhantes às casas fechadas, escuras e sem janelas.

E justamente daí, da conjunção de todos esses fatores, é que extraímos a impossibilidade de construirmos uma "teoria [certa e precisa] do amor". Nas palavras poéticas de Camões: "Amor um mal, que mata e não se vê/Que dias há que na alma me tem posto/um não sei quê, que nasce não sei onde/vem não sei como e dói não sei por quê". Ou, ainda, nas palavras inseridas na obra maior de Pascal (1973, p. 111), "o coração tem suas razões, que a razão não conhece".

Em suma, as razões próprias do amor (ou "razões do coração", na linguagem de Pascal) não são aquelas originadas da lógica formal nem dizem respeito a qualquer lógica que se pretenda universal. Daí podermos concluir a regra – que comporta suas exceções – no sentido de que a busca do conhecimento e da compreensão do outro, para o qual se dirige nosso sentimento amoroso, e também do sentimento amoroso em si, é um caminho de enlouquecedora obscuridade, até porque as próprias escolhas amorosas constituem-se meras arbitrariedades, as quais procuramos esconder ou, em vão, tentar justificar.

Ainda acerca do caráter arbitrário de nossas escolhas amorosas, merece ser consignado que elas não convergem para as particularidades nem para as qualidades abstratas (ou universais)[60] do objeto de nosso desejo amoroso, até por-

---

60 Escolher a partir de "individualidades" ou de "características abstratas ou universais" constitui-se, em certa medida, caminhos diversos para se chegar a um mesmo destino. Por exemplo, ao dizer "amo X porque é belo" [particularidade], estou dizendo que todo aquele que é belo pode ser objeto de meu desejo amoroso. Ao dizer "amo X por conta de sua beleza" [universalidade], estou dizendo que todo aquele que preencha esse requisito abstrato ou uni-

que isso conduziria a possibilidades múltiplas, mas, antes, para a singularidade que torna o(a) amado(a) distinto(a) de tudo, sem igual. Eis a lição que encontramos em um dos capítulos de *Aprender a Viver – Filosofia para os Novos Tempos*, de Luc Ferry (2007, p. 286-94). Tal singularidade não é um dado inato, mas, sim, construída de forma paulatina, de modo praticamente inconsciente. Essa mesma singularidade explica, em larga medida, a exclusividade exigida pelo Eros, em contraposição às outras formas de amor, para as quais o alargamento, a maior abrangência e alcance são esperados e desejados. Não encontramos, contudo, explicação plausível que justifique a escolha de uma singularidade em detrimento das outras, pelo que também tal escolha permanece na incognoscibilidade, na impossibilidade de conhecimento e explicação – ainda que a todo custo tentemos provar o contrário.

---

versal pode ser objeto do meu desejo amoroso. Nossas escolhas amorosas, entretanto, ocorrem com base na singularidade: "Amo X porque ele é A, B, C, D... e não é E, F, G... e faz H, I, J, e não faz L, M, N, etc.". A singularidade é, assim, a reunião de particularidades que torna aquele a quem se dirige nosso sentimento amoroso distinto de tudo e de todos, portanto, com a característica de insubstituível. É certo que as características individuais somadas formam a singularidade e, ao mesmo tempo, refletem parcela de características universais abstratas (o belo é uma instanciação [uma exemplificação] da beleza, para nos valermos da linguagem filosófica; o corajoso é uma instanciação da coragem; o forte é uma instanciação da força; o sincero é uma instanciação da sinceridade, etc.). Todavia, não podemos confundir a particularidade (uma característica isolada e encontrada em diversos objetos) com a singularidade (a somatória de particularidades diversas).

À referida singularidade não podemos deixar de adicionar as circunstâncias. Se o ser humano é, na verdade, o "ele mesmo + suas circunstâncias", a situação amorosa é também a "situação amorosa + suas circunstâncias". E aqui retornamos às exemplificações tratadas em capítulo anterior. O que seria, por exemplo, do amor entre Riobaldo e Diadorim (*Grande Sertão: Veredas*), entre Rodolfo e Mimi (ópera "La Bohème") entre Violeta e Alfredo (ópera "La Traviata") em circunstâncias não tão adversas? Não temos a resposta, mas apenas possibilidades. É assim que as circunstâncias, enquanto elemento de todo humano e de toda relação humana, desempenha papel essencial na força, na forma, na coloratura e mesmo na comprovação do amor nas mais diversas situações concretas.

A conclusão, não reconfortante, é aquela encontrada na primeira carta de Rilke a Kappus (2013, p. 79): "Nem tudo se pode saber ou dizer, como nos querem fazer acreditar. Quase tudo o que sucede é inexprimível e decorre num espaço que a palavra jamais alcançou". Se a incognoscibilidade é, em verdade, uma marca de todos os assuntos mais relevantes da humanidade, no tocante ao amor, essa incapacidade de plenamente conhecer é ainda mais nítida e profunda, ainda mais nítidos os limites teóricos sobre os quais atuamos – e aqui justificamos a existência de um capítulo que tenha retratado histórias concretas, fictícias ou não.

As incapacidades em torno de uma teoria sobre o amor, ademais, alcançam as tentativas de se criarem regras e manuais que, de alguma maneira, procuram traçar parâmetros de conduta, modos de agir corretamente e receitas para o sucesso em matéria amorosa. Não se está com isso afirmando a total inutilidade dessas tentativas, até porque muitas das regras encontradas em alguns manuais podem ser úteis de uma forma bastante própria e peculiar. Vale a pena conferir, a título de exemplo, o decálogo indicado por Walter Riso (2011, p. 13-16) em seu interessantíssimo *Manual para não Morrer de Amor*:

1. *Se já não se amam, aprenda a perder e retire-se com dignidade.*
2. *Casar-se com o amante é como pôr sal na sobremesa.*
3. *Evite o sacrifício irracional: não se anule para que seu companheiro seja feliz.*
4. *Nem com você nem sem você? Corra para o mais longe possível!*
5. *O poder afetivo está na mão daquele que precisa menos do outro.*
6. *Nem sempre um prego tira o outro: às vezes, os dois ficam dentro.*
7. *Se o amor não é visto nem sentido, não existe ou não lhe serve.*
8. *Não idealize a pessoa amada; veja-a como é, cruamente e sem anestesia.*
9. *O amor não tem idade, mas os apaixonados sim.*
10. *Algumas separações são instrutivas; ensinam o que você não quer saber do amor.*

Não há dúvidas que essas dez regras põem-nos a pensar, mas não olvidemos: as regras podem de nada servir em vista das peculiaridades dos casos concretos e dos amantes envolvidos na trama, conforme assumido pelo próprio Riso (2011, p. 17): "o decálogo sugerido aqui não pretende esgotar a temática do amor mal curado ou doente, longe disso, já que as variáveis que intervêm em sua configuração são múltiplas e complexas". Em suma, remanesce a incognoscibilidade que procuramos ressaltar neste tópico.

A NECESSÁRIA ALTERIDADE – O AMOR COMO RELAÇÃO

Para reforçar a incognoscibilidade anteriormente afirmada, está outra característica do amor: a pressuposição da alteridade. O amor pressupõe a existência do outro ("amor de alguma coisa", nas palavras de Platão [199,e]), mesmo que este, em verdade, seja sempre um mistério (em graus diversos; há mistérios de diferentes proporções). Daí a precisa afirmação de Levinas, citado por Bauman (2004, p. 22), no sentido de que "o *phatos* do amor consiste na intransponível dualidade dos seres", de modo que toda tentativa realizada para superar essa dualidade, para "acorrentar o nômade" e para tornar cognoscível o incognoscível frustra-se ao final e, concomitantemente, revela a fragilidade dos relacionamentos amorosos. No mesmo sentido, pensava Tolstói que, por meio de seu personagem Liêvin, afirma: "sentirei sempre uma barreira entre o santuário da minha alma e a alma dos outros, mesmo a da minha própria mulher". E aí reside, aliás, uma das explicações fornecidas ao fato de que a presença de trens/ferrovias seja uma constante no romance *Anna Kariênina* (é em uma estação ferroviária que Anna conhece Vronsky e presencia a morte de um homem esmagado pelas rodas de um trem – um prenúncio do porvir; é também o local onde ela se suicidará e é onde terminará o romance, com Vronsky partindo para a guerra, como voluntário, procurando não alcançar as honras militares, mas, antes, a morte, que, embora desejada, dele parece fugir). O paralelismo dos trilhos que compõem as ferrovias simboliza também o destino das personagens, que estão sempre lado a lado, sem nunca, entretanto, encontrarem-se ou fundirem-se. Se os trilhos da ferrovia podem simbolizar todas as limitações que a vida nos impõe, e assim retratar a ausência da verdadeira liberdade a que tanto ansiamos ("sair dos trilhos" é uma simbologia para "perder-se"), podem também indicar, no campo do relacionamento, a distância que será mantida, por maiores que sejam os esforços em reduzi-la. E daí temos, novamente, a intervenção de Nietzsche (2012, p. 20), para quem essa distância mínima – à semelhança dos trilhos ferroviários – faz-se vital:

> *Se vivemos próximos demais a uma pessoa, é como se repetidamente tocássemos uma boa gravura com os dedos nus: um dia teremos nas mãos um sujo pedaço de papel, e nada além disso. Também a alma de uma pessoa, ao ser continuamente tocada, acaba se desgastando; ao menos assim nos parece afinal – nós nunca mais vemos seu desenho e sua beleza originais.*

Ainda assim, o que se pode afirmar a partir da questão da alteridade é que o amor nos leva a transcender nossas individualidades, no que se constitui libertador. Trata-se, porém, de um falso libertador, pois nos liberta de nossas individualidades e, concomitantemente, aprisiona-nos ao outro, que será sempre, em menor ou maior medida, um mistério. Sem esse aprisionamento, dificilmente se pode conceber a existência do amor: eis a lição que extraímos de Carmen, a heroína do romance homônimo de Prosper Mérimée (1803-1870), popularizada pela ópera de Georges Bizet (1875). Ao escolher de modo consciente, ao mesmo tempo, o amor e a liberdade, o resultado obtido não poderia ser outro se não a morte trágica. De qualquer maneira, pensando-se a partir da perspectiva do outro, sem essa alteridade seria impossível ao outro nos amar (ou tentar fazê-lo), ainda que à sua maneira e ainda que essa maneira não nos satisfaça plenamente. Essa pressuposição de alteridade explica, por fim, a incapacidade de amar por parte das pessoas egoístas. Nas palavras de May (2012, p. 24), "o amor genuíno não pode ser narcísico". Trata-se o narcisismo da forma mais pobre de relação – a relação de si para consigo mesmo. Não há crescimento, não há choque em face da diferença, enfim, não se é amado. Nas conclusivas palavras de Nietzsche (2012, p. 23),

> *o que é o amor, senão compreender que um outro, aja e sinta de maneira diversa e oposta da nossa, e alegrar-se com isso? Para superar os contrastes mediante a alegria, o amor não pode suprimi-los ou negá-los. Até o amor por si mesmo tem por pressuposto a irredutível dualidade (ou pluralidade) numa única pessoa.*

Pressupor a alteridade é também reconhecer o grande problema quando surge a consciência de que o outro não passa de mera ficção. E não nos confundamos: uma coisa é saber que o outro, a quem se voltam os sentimentos amorosos, é um mistério, em menor ou em maior grau (ou seja, o outro existe, ainda que o retrato dele pintado não corresponda, com exatidão, ao objeto retratado); outra coisa é conscientizar-se de que o outro não existe por si próprio, tratando-se de mera divagação e devaneio. Lembremos de Emma Bovary, já conceituada anteriormente como "uma Isolda sem Tristão, uma Julieta sem Romeu". Em suma, se o mistério do outro atormenta constantemente, a inexistência do outro é ainda pior.

O CARÁTER TRANSITÓRIO – O AMOR PELA MEDIDA HUMANA

Diante das características do amor anteriormente mencionadas – sem nunca nos esquecermos de que essas características não guardam entre si uma relação necessária de harmonia ou coerência –, é necessário conscientizar-se ao menos da vulnerabilidade do amor em nós, caracterizado pela precariedade e incerteza, ao mesmo tempo em que se toma consciência de sua imperiosa necessidade, já que, destinados a amar, estamos, na mesma proporção, destinados a sofrer (destinados a apaixonar-se). Se o ser humano é ele próprio e suas circunstâncias, o amor também é ele próprio e suas circunstâncias – e daí a necessidade que tivemos de expor algumas conhecidas e emblemáticas histórias de amor encontradas em páginas da literatura e em libretos e partituras de óperas. Se por trás de todas as narrativas há um substrato comum – o amor sobre o qual estamos tratando desde o início –, a diversidade de circunstâncias exibe as matizes que o sentimento amoroso pode tomar, o que também ajuda a visualizar o caráter restrito e empobrecedor de qualquer teoria que se crie sobre o tema.

A singularidade de cada situação amorosa corresponde à singularidade da conjunção de momentos felizes com o sofrimento causado pelo amor. Da mesma forma que o que individualiza e caracteriza cada ser humano são os acidentes (tudo aquilo que não é essencial, toda característica que não integra a essência, aspecto casual ou fortuito da realidade), cada situação amorosa é peculiar também em decorrência daquilo que ela possui com exclusividade. A somatória de tais exclusividades provoca uma espécie de DNA de cada situação amorosa, ou seja, ainda que bastante assemelhadas, nenhuma situação amorosa repete-se de forma idêntica. Para ilustrar com metáforas e fazer alguns agrupamentos, poderíamos dizer que o gênero amor subdivide-se em espécies ou grupos assemelhados a acidentes geográficos e fenômenos da natureza conjugados: há os relacionamentos calmos como as planícies (talvez sejam esses os que menos nos interessam); há aqueles assemelhados aos tremores de terra (tudo derrubam, exigindo uma reconstrução); outros ainda são tempestuosos (precipitação de água, raios e trovões); alguns são semelhantes às chuvas de verão (necessários para refrescar, mas provocam estragos); outros são um verdadeiro precipício (cai-se, ferindo-se gravemente ou morrendo); alguns correspondem a desertos (tudo, ou quase tudo, falta); outros são como densas florestas (de riquíssima fauna e flora, mas repleta de perigos); há alguns semelhantes à neve eterna no cume de algumas montanhas (constante, sempre presente, belo, porém monótono); etc. Trata-se de espécies diversas que se dividem em subespécies múltiplas. As combinações entre acidentes geográficos e fenômenos naturais são inúmeras.

E se tudo isso se afigura, de alguma forma, por demais exaustivo para mostrar o amor pelo prisma da inconstância humana, não nos esqueçamos do caráter transitório de tudo relacionado a nós, seres humanos, uma vez que toda questão humana está consagrada à mortalidade. Nas palavras de Arendt (2007, p. 22),

> *o amor, que, entre as coisas terrestres, tende a ser qualquer coisa de firme, de que se pode dispor, não passa de uma ilusão, uma vez que tudo está consagrado à mortalidade. O amor inverte-se nesta decepção (...)*

Não é apenas a morte, porém, como termo final da vida, sobretudo em seu caráter biológico, que devemos levar em consideração. Precisamos também reconhecer as diversas e múltiplas "pequenas mortes" que experimentamos durante a vida – mudanças totais de situações, rompimentos de todas as naturezas (sobretudo de relacionamentos amorosos), esquecimentos que se fazem necessários, etc. – ainda que as "pequenas mortes" sejam correlatas aos renascimentos delas consequentes; eis o ciclo vital. Esse caráter transitório na questão amorosa é bem expresso no lapidar verso de Vinícius de Morais, em seu Soneto da Fidelidade: "que não seja imortal, posto que é chama".

Mais adiante, durante nossas notas conclusivas, tornaremos a tratar dessa característica do amor humano, até para que se possa apontar o grave risco de tratarmos coisas e assuntos humanos como se fossem divinos – embora seja esta uma tônica nas culturas formadas pela tradição cristã, na qual toda e qualquer espécie de amor tende a ser modelado conforme parâmetros do amor divino.

Entretanto, é necessário retornarmos a Platão. Se há uma contradição entre amor e morte, como assinala Ferry (2013, p. 232), devemos nos ater ao fato de que se trata de uma contradição que pode ser vista como aparente, na medida em que o amor acaba por se constituir um caminho de burlar a mortalidade, uma forma de prolongarmos nossa efêmera existência. No entanto, dada a natureza humana, não devemos jamais nos esquecer de que a forma mais segura de manter um sonho intacto é sonhá-lo, e não o viver; vivê-lo é desnaturá-lo e dar um passo à sua condenação/destruição.

De qualquer forma, seja como sonho a ser meramente sonhado, seja como realidade enquanto cópia imperfeita de um sonho, de um ideal (e aqui não há como negar uma certa adesão às teses platônicas), o amor revela-se de sua imperiosa necessidade. Talvez, o ponto de equilíbrio seja encontrado ao conceber sonhos semeando a realidade, ou seja, os sonhos não se confundem com a realidade, mas pode haver entre ambas as categorias uma tentativa de proximidade, ora menos, ora mais bem-sucedida.

CONCLUSÃO

ENFIM, APÓS TANTO DISCORRER SOBRE o amor-paixão ("eros"), viável e desejável seria conceituá-lo. No entanto, como já afirmado desde o início do escrito, **o amor tende à irracionalidade**, sendo, portanto, incognoscível, isto é, não pode ser conhecido de uma forma segura, de uma forma minimante científica. Parafraseando Pascal, já citado, **o amor tem razões que a razão desconhece**.

Contudo, podemos traçar um verdadeiro esboço do que ele seria, apontando-se que ele seja um sentimento (não necessariamente virtuoso), e não um dever. Metaforicamente, temos uma moldura dentro da qual o amor é construído, sendo que cada um de nós pinta, à sua maneira, com cores e técnicas diversas, nos limites dessa moldura, a sua obra amorosa. Às vezes, porém, a pintura excede à moldura, e então temos os casos mais emblemáticos, problemáticos e patológicos de relação amorosa. Os romances *Anna Kariênina*, de Leon Tostói, e *O Morro dos Ventos Uivantes*, de Emily Brontë, são perfeitos em retratar relações amorosas de natureza devastadora e problemática. *Jane Eyre*, de Charlotte Brontë, por sua vez, ainda que pintado a fortes cores, manteve-se dentro das molduras inicialmente propostas.

A **correlação entre amor e felicidade**, ademais, parece inevitável, sendo perceptível de modo praticamente intuitivo, isto é, não se fazem necessárias grandes demonstrações para assim se conceber. Em suma, ninguém é feliz sem fruir aquilo que ama e "mesmo aqueles que efectivamente amam o que não é preciso amar não acreditam em obter felicidade do seu amor, mas de sua fruição. Fruir é estar perto do objecto desejado, firme e sem inquietude" (Arendt, 2007, p. 36). Junto a esse sentimento de felicidade, a sensação de liberdade também pode ser decorrência do amor, a qual atinge até mesmo as convenções sociais que, muitas vezes, precisam ser enfrentadas e confrontadas. Nas palavras de Anna Kariênina, "o respeito foi inventado para esconder o lugar vazio onde deveria estar o amor...". Não podemos deixar de perceber que, em algumas situações concretas, se pode chegar a um paradoxo: a felicidade que decorre do amor pode exigir, em algumas situações, o conflito com os padrões sociais, o que, por sua vez, poderá gerar a infelicidade, dificultar ou até impedir a concretização da relação amorosa. A escolha a ser feita é de natureza personalíssima (cada um fará a sua): 1) o amor declarado, revelado e vivido; 2) o amor vivido, porém mantido oculto; 3) o amor não revelado e não vivido; e 4) o amor revelado e não vivido – tudo ao sabor das circunstâncias e das forças daqueles diretamente envolvidos. A cada um cabe escolher a alternativa que mais o aproxima de sua concepção, ainda que equivocada, de felicidade.

Parece ser certo, porém, que **nem todo amor constitui-se uma virtude**, ou, nas palavras de Platão (mais especificamente de seu personagem Pausânias), "nem todo amor é belo e merecedor de encômios" (181,a). Quando já na introdução tratamos do conceito do amor, apontamos que diversas formas de sentimento e de posturas em face desse mesmo sentimento são postas sob o rótulo do amor. Afirmamos, também, que há uma correlação entre o sentimento amoroso e o desejo, afinal de contas, o amor se volta a algo ou alguém. O desejo, dessa forma, deve ser visto como natural no ser humano, desempenhando verdadeiro papel motivacional ou de mola propulsora em nossas vidas. Nas palavras de Schopenhauer (2005, p. 231), que já citamos em outras passagens,

> *suficientemente feliz é quem ainda tem algo a desejar, pelo qual se empenha, pois assim o jogo da passagem contínua entre o desejo e a satisfação e entre esta e o novo desejo – cujo transcurso, quando é rápido, se chama felicidade, e quando é lento se chama sofrimento – é mantido, evitando-se aquela lassidão que se mostra como tédio terrível, paralisante, apatia cinza sem objeto definido, languor mortífero.*

No entanto, também o desejo pode assumir os mais diferentes matizes, podendo, nos extremos, tanto nutrir nossa existência como destruí-la. Nesta última hipótese, e embora falemos do desejo em geral, a aplicação é a mesma quando se trata do desejo movido pelo sentimento amoroso: o desejo pode tornar-se um veneno mental, transformando-se em um imperativo, em uma obsessão ou em um apego incontrolável, gerando uma "intoxicação afetiva", segundo palavras de Riso (2011, p. 12). Tal desejo torna-se tanto mais frustrante quanto mais alheio à realidade ele for, até porque, sob essas condições, construímos imagens mentais em total desacordo com as circunstâncias reais (salientando-se que não acreditamos na possibilidade desse pleno acordo entre imagens mentais e realidade). Não nos cabe aqui discutir e tentar concluir se as emoções são geradas pela cognição ou se são os pensamentos que determinam as emoções, nestas incluídas as relacionadas ao amor, mas afirmamos, sem medo de errar, que há conexões entre sentimentos e pensamentos, de modo que o repetido reforço mental das imagens conduz a uma dependência mental, ou física, ou de ambas as espécies. Quando se chega a esse ponto de dependência, certamente qualquer ideia de liberdade esvai-se, ou seja, estamos diante de uma escravidão – ainda que curiosamente sejamos nós mesmos os construtores dos muros (imaginários) dessa prisão –, de onde decorre que o principal obstáculo à liberdade perdida seja a nossa resistência às quaisquer mudanças interiores, a ponto de se preferir declarar que, voluntariamente, escolhemos a escravidão – uma servidão voluntária. Também não colocamos em dúvida que o amor nutrido pelo desejo obsessivo[61] – o que parece ser a regra do amor-paixão – acaba por deturpar não apenas as imagens que poderíamos construir do objeto amado, da ternura, da afeição nutrida (em suma, da própria vida). Nas palavras de Ricard (2007, p. 151), o desejo obsessivo "surge de um egocentrismo doentio que acaricia a si mesmo no outro ou, ainda pior, busca construir a própria felicidade às expensas do outro". Assim é definido na medi-

61 Essa questão parece acentuar-se diante de uma paixão sexual. A atração sexual (parte comum, mas não necessária do desejo amoroso) constitui-se expressão da parte biológica do ser humano, sendo capaz de desencadear as mais fortes emoções e as mais tresloucadas ações. A ausência da liberdade gerada pelo desejo obsessivo, ademais, intensifica qualquer experiência meramente sensorial, gerando apegos aptos a nos subjugar cada vez mais.

da em que houve o monopólio do universo mental pelo objeto do desejo, como resultado da frequência e da intensidade das imagens mentais construídas. O universo da obsessão é um mundo onde a urgência se vincula às impossibilidades e à impotência, a ponto de muitas vezes desejarmos sem verdadeiramente gostar, desejarmos sem verdadeiramente amar – daí sua natureza destruidora. Essa corrupção de um sentimento que poderia ter tomado rumo diverso parece bem retratada em uma das máximas de Machado de Assis: "O amor é uma carta, mais ou menos longa, escrita em papel velino, corte dourado, muito cheiroso e catita; carta de parabéns, quando se lê, carta de pêsames quando se acabou de ler" (*A Mão e a Luva*). Em larga medida, algumas histórias de amor retratadas anteriormente bem ilustram essa perda de justa medida do próprio sentimento amoroso – e, saliente-se, não há medida preestabelecida, mas há situações claras nas quais a desmedida é alcançada de forma indubitável.

Outra forma de obsessão manifesta-se no desenvolvimento do **sentimento de posse**, com consequente acentuação do sentimento de egoísmo e, por sua vez, desvinculação do sentimento amoroso dos sentimentos considerados nobres e virtuosos. Nietzsche (2012, p. 10), mais uma vez, coloca-nos a questão com precisão e sem pieguices, razão pela qual transcrevemos o aforismo correspondente, sem a necessidade de quaisquer notas explicativas:

> *o amante quer a posse incondicional e única da pessoa desejada, quer poder incondicional tanto sobre sua alma como sobre seu corpo, quer ser amado unicamente, habitando e dominando a outra alma como algo supremo e absolutamente desejável. Se considerarmos que isso não é outra coisa senão excluir todo o mundo de um precioso bem, de*

uma felicidade e fruição; se considerarmos que o amante visa ao empobrecimento e à privação de todos os demais competidores e quer tornar-se o dragão de seu tesouro, sendo o mais implacável e egoísta dos "conquistadores" e exploradores; se considerarmos, por fim, que para o amante todo o resto do mundo parece indiferente, pálido, sem valor, e que ele se acha disposto a fazer qualquer sacrifício, a transtornar qualquer ordem, a relegar qualquer interesse: então nos admiraremos de que esta selvagem cobiça e injustiça do amor sexual tenha sido glorificada e divinizada a tal ponto, em todas as épocas, que desse amor foi extraída a noção de amor como oposto do egoísmo, quando é talvez a mais direta expressão do egoísmo.

Esse **amor não virtuoso** (seja pela dependência mental e/ou física gerada [escravidão], seja pela construção de uma imagem totalmente não correspondente à realidade, seja em vista do sentimento de posse ou, ainda, pelo desenvolvimento de um sentimento puramente egoísta) apresenta-se como **algoz de suas vítimas**, como o desordenador do mundo dos afetos, gerando sentimentos como mágoa, ressentimento, busca pela vingança e, em última instância, o desejo pela morte – que parece carregar em si mesmo uma contradição indissolúvel, posto ser ele voltado a algo que virá de modo inexorável. Daí a diferenciação do "morrer por amor", como vítima de sua beleza, doadora de vida e bons sentimentos (veja-se, por exemplo, o que ocorre nas óperas "Aída", de Giuseppe Verdi, e "Tristão e Isolda", de Richard Wagner), e do "morrer de amor", como vítima de seu poder devastador, de sua crueldade, que em um movimento retrógrado desfaz a vida de modo abrupto ou paulatinamente, por meio de profunda mágoa (é o exemplo que encontramos nas óperas "Cavaleria Rusticana", de Pietro Mascagni, e "Madame Butterfly", de Giacomo Puccini). Nesse "morrer de amor", o sentimento amoroso revela-se de natureza violenta pela destruição que provoca e, ao mesmo tempo, estática ou indiferente, uma vez que a pessoa que o nutre mostra-se indiferente à dor de quem ama e passa a vagar no mundo, fazendo de sua vida apenas um fantoche para o desenvolvimento dos frutos desse sentimento, que, em princípio doador de vida, se corrompe e, uma vez corrompido, morre pela falsa beleza que inebria, escraviza, sufoca e, por fim, mata. Em última instância, porém, esse mau sentimento (ou sentimento corrompido) também gera o fim de quem o nutre, já que este acaba por se afogar em um narcisismo que impede que o outro seja visto (como ele é) e apreciado, causando a impossibilidade de criação de vínculos e impossibilitando o desenvolvimento da necessária alteridade.

De qualquer forma, não se pode perder de vista que **o amor não é em si mesmo um dever**, ainda que as convenções histórica e culturalmente desenvolvidas tenham criado deveres como decorrência das relações amorosas. E aqui, novamente, tentar forjar uma sinonímia entre o amor e as relações desenvolvidas em nome dele, ainda que muitas vezes ele sequer se faça presente (como acontece com a maior parte dos casamentos), é o que pode conduzir ao equívoco de amor enquanto dever. A esse respeito, são lapidares os ensinamentos de Immanuel Kant (1724-1804), com os quais todos nós devemos, mais dia menos dia, lidar com uma reverência da mesma intensidade que aquela a que dedicamos a Platão e Aristóteles (fundadores do pensamento ocidental), Santo Agostinho e São Tomás de Aquino (que deram continuidade ao pensamento de Platão e Aristóteles, a partir da adaptação feita para os postulados da doutrina cristã), aos filósofos da Idade Moderna que iniciaram a guinada da Epistemologia (Teoria do Conhecimento) e aos verdadeiros artistas (que por meio da arte compuseram uma cartografia da alma humana). Kant, dentro de seu modo sistemático de expor suas teorias filosóficas, escreveu a obra A *Metafísica dos Costumes*, dividida em duas partes essenciais – *A Doutrina do Direito* e *A Doutrina da Virtude*. Na segunda parte, ao tratar "Do Amor dos Seres Humanos", afirma que "o amor é uma matéria do sentir, não do querer e não posso amar porque o quero e, ainda menos, porque o devo (não posso ser constrangido a amar); por conseguinte, um dever de amar é um absurdo" (2003, p. 244).

É certo, conquanto a diferenciação não seja feita expressamente, que Kant faz referência ao amor "Eros", o que justifica a colocação feita por ele próprio, logo em seguida, no sentido de que a benevolência, a que ele chama de *amor benevolentiae*, pode estar sujeita a um dever, sendo que

> *todo dever é uma coação, um constrangimento, mesmo se este é para ser auto-constrangimento de acordo com a lei. O que é feito a partir do constrangimento, contudo, não é feito a partir do amor. Fazer o bem a outros seres humanos na medida de nossa capacidade é um dever, quer o amemos ou não (op.cit).*

Ao analisar esses conceitos de forma detida, concluímos que pode haver uma correlação (ou relação de causa e consequência) entre amor e relações estabelecidas (namoro, casamento e uniões de um modo geral). O "pode haver", por sua vez, significa a possibilidade de que haja relações estabelecidas não baseadas no amor, mas é das relações que decorrem deveres – e isso é culturalmente determinado. Havendo ou não amor, há deveres decorrentes das uniões, sobretudo as matrimoniais. No entanto, não podemos ver a existência desses deveres como decorrência direta e necessária do amor, que, em certa medida, aprisiona internamente (é gerada, por exemplo, a incapacidade de se amar outrem) e, em outra medida, tem a função libertadora, conforme discorreremos adiante.

A **função libertadora do amor** (além da liberdade de nossas próprias individualidades, conforme já discorremos anteriormente) é verificada quando, a partir dele – e somente dele – a própria moral é superada. Expliquemos. O termo "moral" aqui utilizado como sinônimo de "ética" (ainda que, do ponto de vista conceitual, fosse melhor conceituar a ética como o estudo sistemático das regras morais) aponta para "a ciência do fim para o qual a conduta dos homens deve ser orientada e dos meios para atingir tal fim, deduzindo tanto o fim quanto os meios da natureza do homem" (Abbagnano, 2007, p. 442). Em outras palavras, diante da verificação quanto à necessidade de regras de conduta para o agir humano, cabe à moral estudar tais regras morais, avaliando-as e, a partir de tal avaliação, passar ao julgamento das próprias ações humanas. É o julgamento moral que nos conduz aos predicativos de bom e mau, ou, em outras palavras, à consideração das ações como boas ou como más e, por fim, ao julgamento das próprias pessoas como boas ou más. Ocorre que, consoante afirmamos há pouco, "a conduta dos homens deve ser orientada" ou há "necessidade de regras de conduta para o agir humano". Essa necessidade pode ser concebida, dentro de uma perspectiva otimista, como uma mera exigência para a convivência ou, dentro de uma perspectiva mais negativa, como uma necessidade para se domar a natureza humana. Seja qual for o fator motivador da necessidade das regras morais, é certo que, por meio da moral, são criadas regras diversas que passam a obrigar as pessoas de maneira individual, coletiva (ética de grupos) e social. As regras próprias da moral/ética coletiva e da moral/ética social podem ser cumpridas voluntariamente ou não. O cumprimento não voluntário decorre das pressões a serem exercidas sobre aquele que reluta em observar as regras estatuídas e, em grau mais extremo, tal cumprimento se dá por meio da coerção. Não nos esqueçamos, porém, que "o que é feito a partir do constrangimento [da coerção], não é feito a partir do amor" (Kant, 2003, p. 244). É dessa forma que a máxima kantiana referida anteriormente ajuda-nos a entender a função libertadora do amor com relação à moral. Não se está, a partir dessas colocações, afirmando haver uma incompatibilidade entre amor e moral. Antes, o que se procura salientar é que o amor (quando, por óbvio, virtuoso) torna dispensável a moral, torna inútil a existência de múltiplas regras para indicar como se deve agir. Dizendo de outra forma, o amor não abole a moral, mas a consuma plenamente. E para se coroar essa concepção, nada mais nítido que o pensamento de Nietzsche segundo o qual "**aquilo que é feito por amor faz-se sempre para além do bem e do mal**" [Aforismo 153]. O que parece ser de uma beleza incomensurável, porém, torna a ruir, pois se constata, empiricamente, que, na maioria das situações, há falta, ausência ou inexistência do amor. E é justamente para essas situações que a moral se faz necessária, pois, por meio das regras morais, agimos como se amássemos. É a **moral**, nesses termos, **um simulacro do amor**; um simulacro, dessa forma, extremamente útil e necessário.

Não nos esqueçamos, ainda, de que a plena **realização do amor, dentro de nossa condição humana**, se dá na diminuição ao máximo ou na ausência do medo (sobretudo o medo da perda), ausência esta, porém, quase impossível em face de nossa condição transitória no mundo. Aí reside a lição deixada por Platão, conforme discorremos anteriormente, no sentido de que o amor, ao visar à procriação (seja pelo corpo, seja pelo espírito), busca a eternidade, aproximando-nos às diversas concepções acerca do divino. É então que concluímos que o amor gera uma escravidão – e não devemos ficar perplexos com a contradição (aparente ou não) desse postulado com o afirmado no parágrafo anterior, quando foi dito que o amor é libertador, até porque afirmamos e reafirmamos a natureza contraditória do amor a todo o momento neste livro. Tornando à característica escravizadora do amor, somos, desse modo, postos em uma prisão sem muros, de modo que parece fazer pouco sentido tentar uma fuga; no entanto, notemos bem: parece! A tentativa de fuga, ou, em outras palavras, a tentativa de realização, deve ser buscada, sob pena de anulação da própria vida. Afinal de contas, tornando a Schopenhauer já transcrito anteriormente,

> *a essência do homem consiste em sua vontade de se esforçar, ser satisfeita, e novamente se esforçar, incessantemente; sim, sua felicidade e bem-estar é apenas isto: que a transição do desejo para a satisfação, e desta para um novo desejo, ocorra rapidamente, pois a ausência de satisfação é sofrimento, a ausência de novo desejo é anseio vazio, languor, tédio.*

A satisfação em questão amorosa, todavia, foge um pouco dessa máxima, posto que, por meio do amor, se procura acabar com esse ciclo, não totalmente, mas em grande medida, em especial por se tentar (nem sempre com sucesso) voltar o desejo amoroso ao mesmo objeto – os emblemáticos casais bem-sucedidos retratados anteriormente bem mostram isso. Certamente, tal satisfação está mais próxima quando se está diante daquilo que poderíamos chamar de "amor amadurecido" (e aqui precisamos pensar no mito do Cupido crescido, e não como aquele menino que vive de traquinagens). Nas palavras de Fromm (1976, p. 43), que bem indicam tal situação,

> *o amor amadurecido é união sob a condição de preservar a integridade própria, a própria individualidade. O amor é uma força ativa no homem; uma força que irrompe pelas paredes que separam o homem de seus semelhantes, que o une aos outros; o amor leva-o a superar o sentimento de isolamento e de separação, permitindo-lhe, porém, ser ele mesmo, reter sua integridade.*

Uma das poucas conclusões possíveis é que "**amar se aprende amando**", nos exatos termos da obra homônima de Carlos Drummond de Andrade; em vez de unicamente nos atermos a conceitos (embora eles sejam úteis de alguma maneira), busquemos apreender um pouco da essência do amor nos mais belos retratos (romances, óperas, filmes, poemas, etc.) pintados sobre ele, não para construir uma teoria, mas para a prática cotidiana, cientes, ademais, de que as circunstâncias, sobretudo as adversas, não impedem o surgimento e o desenvolvimento do sentimento amoroso, embora muitas vezes atrapalhem ou mesmo impeçam por completo a concretização dele.

Outra conclusão a que podemos chegar é que **o conhecimento e os discursos acerca do amor** – sejam eles derivados de especulações e teorias ou oriundos de uma experiência pessoal concreta – **não são isentos do sentimento amoroso** e, nesse aspecto, não comportam a dissimulação tão própria de conhecimento e discursos sobre outras questões. Conforme bem colocado por Pascal (1973, p. 133), *poucos falam de humildade, humildemente; poucos falam da castidade, castamente; poucos falam do pirronismo, duvidando. Somos apenas mentira, duplicidade, contrariedade, escondendo-nos e disfarçando-nos de nós mesmos.*

Em matéria de amor, porém, **não se discursa sem amar, de alguma maneira**. Estamos, desse modo, em um campo no qual teoria e práxis necessariamente convivem.

Falar sobre o amor, tentar teorizar sobre ele, é, diante de tudo o que foi dito, uma verdadeira **utopia** (do grego, "não-lugar", "lugar que não existe", "o que não há em lugar algum"), o que não é sinônimo de perda de tempo ou, ainda, uma inutilidade. A utopia, afinal de contas, tem sua função, tal qual bem colocado por Platão no final do Livro IX d'*A República* (592,a-b), quando um personagem questiona Sócrates, aduzindo que a cidade por eles edificada (no transcorrer da obra) está fundada apenas em palavras, não sendo encontrada em lugar algum da terra. A isso, Sócrates, a personagem central e o condutor do diálogo, contrapõe com o seguinte argumento:

> *Mas talvez haja um modelo no céu, para quem quiser contemplá-la e, contemplando-a, fundar uma para si mesmo. De resto, nada importa que a cidade exista em qualquer lugar, ou venha a existir, porquanto é pelas suas normas, e pelas de mais nenhuma outra, que ele pautará o seu comportamento.*

A utopia, desse modo, dentro do pensamento platônico, constitui-se um norte para a vida e, na medida em que representa o inalcançável, ajuda-nos a ter consciência de nossa real condição humana. Em outras palavras, afirmar que a utopia é um guia para a vida é reconhecer que poderemos chegar muito próximos, sem, porém, cruzarmos a linha de chegada almejada. Manter viva a utopia é, assim, não a vivenciar; em outras palavras, a principal forma de manter um sonho vivo é não o viver em sua plenitude e, ao mesmo tempo, reconhecê-lo como necessário para guiar nossas vidas. O prévio reconhecimento desse fracasso ou, dentro de uma perspectiva otimista, dessa "quase-vitória", não significa nem implica um convite à desistência. Antes, reconhecer o alvo inatingível deve nos incutir que o amor humano, por mais aprimorado que seja, apresentará falhas em si mesmas insanáveis – embora justificáveis por meio do exercício do próprio amor. Daí decorre a **falha de qualquer concepção de divinização do amor humano**. Trata-se, porém, de uma falha que serve para todos os aspectos da vida humana – querer atribuir um caráter divino a qualquer questão humana é, certamente, ignorar a diferença entre as naturezas divina e humana. Não faltam mitos, alegorias e teorias que nos alertam para essa falha, mas são, certamente, mitos e teorias que exigem aquela atenção à qual não estamos habituados em nosso cotidiano. É assim que podemos ler nas sagradas escrituras a ação simbólica de Adão e Eva ao tomarem para si o fruto do conhecimento divino, a tentativa do povo babilônio em construir uma torre por meio da qual se alcançaria o próprio Deus e a falha de Moisés ao atribuir para si a autoria de milagres realizados por Deus. Também podemos interpretar assim o mito de Prometeu, cuja punição foi derivada do furto do fogo divino para uso dos homens. É assim que podemos visualizar a crítica feita por Mary Shelley (1797-1851) à ciência, em sua mais renomada obra – *Frankenstein: ou o Prometeu Moderno* –, que não vê limites em sua atuação, passando o homem a agir como substituto do Criador. Negar as limitações humanas custa-nos caro, não apenas porque a ignorância é algo indesejável, mas, sobretudo, porque seus frutos são amargos.

Ao se atribuir ao amor características próprias da natureza divina, não apenas falsificamos sua natureza como deixamos de compreendê-lo como condicional, morredouro e composto por características necessariamente contraditórias: ora criador e unificador, ora destrutivo; ao mesmo tempo libertador (libertamo-nos de nossas individualidades) e aprisionador (aprisionamo-nos ao outro); ao mesmo tempo gerador da submissão e do sentimento de posse; ao mesmo tempo gerador de egoísmo e da generosidade... Poderíamos prosseguir com inúmeras características contraditórias entre si, mas coexistentes em um mesmo espaço. E nesse ponto, novamente os gregos, por meio de suas explicações mitológicas, nos ensinaram que, embora muitas características dos deuses sejam semelhantes às dos homens (os deuses vingam-se, erram, trapaceiam e iludem, além de deuses esteticamente feios e defeituosos, etc.), há entre homens e deuses um abismo intransponível, sendo a questão da imortalidade destes e a natureza temporária e morredoura daqueles a que mais alarga esse abismo.

Desse modo, já que tem um lado libertador, o amor também deve ser libertado do cárcere que lhe foi imposto – dele devem ser apagadas as expectativas irreais e não condizentes com sua natureza, pois, do contrário, ele será sobrecarregado com perspectivas infundadas e, consequentemente, perderá sua força fluida e ganhará força paralisante, quando não destruidora. É nesse contexto que o **amor** deve ser visto como **um sentimento limitado pela natureza humana**, permeado e talhado pelas circunstâncias, e também como **um sentimento ativo que leva a agir** – e não simplesmente um afeto passivo ou uma ideia contemplativa: "**amor é preocupação ativa pela vida e crescimento daquilo que amamos**" (Fromm, 1976, p. 49), razão pela qual pressupõe responsabilidade, cuidado, respeito e ação, que tanto melhor serão observados quanto mais profundo for o conhecimento que se tem das circunstâncias e do objeto amoroso. E, talvez, esse sentimento tão difuso ganhe contornos de concretude (e prova de sua existência) quando gerar frutos, isto é, por meio dos atos em nome dele praticados. Eis o sentido que se pode dar ao seguinte aforismo de Nietzsche (2012, p. 11):

> *Pode-se prometer atos, mas não sentimentos; pois estes são involuntários. Quem promete a alguém amá-lo sempre, ou sempre odiá-lo ou ser-lhe sempre fiel, promete algo que não está em seu poder; no entanto, pode prometer aqueles atos que normalmente são consequência do amor, do ódio, da fidelidade.*

Todavia, é importante frisar que, justamente por se constituir da união de características contraditórias entre si e de sentimentos diversos (generosidade, ódio, compaixão, piedade, impiedade, crueldade, etc.), o Amor necessita de uma composição com dosagens corretas dos elementos constituintes. Muitas vezes, faz parte dessa composição a resiliência como capacidade de aceitação (e também de se recobrar) de situações desfavoráveis, muitas vezes incontornáveis e insolúveis. O grande problema é que, para cada situação e para cada um de nós, a composição do amor é única, de modo que pouco importa se teorizamos buscando o enquadramento das situações amorosas em normas prévias e em leis universais, pois:

no amor bem-sucedido, como na obra de arte genial, há uma mistura inextricável de sentimento imediato e de reflexão ativa. Mas, nesses domínios, a reflexão e a iniciativa só valem se prolongarem o desejo e o sentimento. Creio, pois, que é contraditório propor uma solução mais ou menos "pré-fabricada" a uma experiência que, por definição, não pode senão fazê-la explodir. (Ferry, 2013, p. 73)

Ocorre que, mesmo em face da enorme dificuldade de se alcançar essa composição ideal, não a buscar tem como consequência gerar tensões insolúveis, conduzindo o inerte a situações irremediáveis. Daí, reafirmamos, a inexistência de receita quanto à dosagem dos componentes do amor bem-sucedido. O final trágico de muitos romances (e *Anna Kariênina* nos parece sempre o grande exemplo) e de muitas histórias de amor pode ser explicado pelo erro na dosagem desses elementos.

Talvez a **conjunção de "eros", "philía" e "agápe"** seja de grande auxílio nessa busca de plena satisfação, mesmo dentro de nossas limitações humanas, até porque pensar essas três formas ideais de amor de modo totalmente separado não parece corresponder à realidade concreta – os modelos ideais tendem a não corresponder à realidade cotidiana. Esse é o provável sentido da expressão "Eros salvo por Agápe", em um dos capítulos da obra de Rougemont (2003, p. 416). Não se trata, porém, de ponto pacífico o caráter benéfico dessa conjunção. Nietzsche, por exemplo, não apenas não se mostrava favorável a essa conjunção, como considerava o Cristianismo o grande difusor do amor/"agápe", como o responsável pela degeneração de "Eros" ("O cristianismo perverteu a Eros, este não morreu, mas degenerou-se, tornou-se vício" [Aforismo 168], Nietzsche, *Além do Bem e do Mal*). No entanto, curiosamente, Nietzsche (2012, p. 28) chama-nos a atenção ao fato de que *essa demonização de Eros teve um desfecho de comédia: o "demônio". Eros veio a tornar-se mais interessante para as pessoas do que todos os anjos e santos, graças ao murmúrio e sigilo da Igreja nas coisas eróticas: seu efeito, até em nossa época, foi tornar a história do amor o único verdadeiro interesse comum a todos os círculos – num exagero incompreensível para a Antiguidade, e que um dia dará lugar à risada. Toda a produção de nossos poetas e pensadores, da maior à mais insignificante, é mais que caracterizada pela excessiva importância da história de amor, que nela surge como história principal: por conta disso, talvez a posteridade julgue que em toda herança da cultura cristã há algo mesquinho e maluco.*

Nesse ponto, porém, estamos com Rougemont, ou seja, pensamos o amor/"eros" como salvo pela confluência das outras formas de amar. Já que "eros", o amor-paixão, é visto como efêmero, o socorro a ele prestado pelas outras formas de amor abre a possibilidade de transmutação de algo temporário em perene, possibilitando uniões duráveis à altura das promessas realizadas na fase da paixão. A paixão pode tornar-se, assim, em uma decisão firme e elaborada, à luz de um mínimo de racionalidade. Ainda a esse respeito, convém ressaltar que a influência do pensamento grego em nossa civilização atual não chegou até nós de forma pura, mas sob a égide de muitas interpretações e reinterpretações, modificações e novos modos de pensar. Dentre esses novos modos de pensar e essas novas concepções, não há dúvida em apontar o Cristianismo como o fator mais relevante e abrangente.

O "eros" em sua concepção clássica, gerada em meio ao pensamento grego da Antiguidade clássica, sofreu a confluência de diversos valores surgidos e desenvolvidos historicamente, com destaque aos valores próprios do **Cristianismo** – certamente, entre todos os "ismos", a corrente de pensamento que atuou de forma mais contundente e relevante na formação da civilização ocidental, uma vez que promoveu uma genuína revolução nos valores vigentes e a criação de uma nova moralidade (valorização da fidelidade, com a consequente condenação do adultério, e o ensinamento de que apenas a morte desfaz os laços matrimoniais válidos). A partir dos valores promovidos pelo Cristianismo, o "eros" passou a se submeter ao "agápe", o tipo de amor valorizado pela religião cristã, ao qual já nos referimos quando tratamos da questão conceitual. E é justamente com o Cristianismo que o amor deixa de ser uma força cósmica ou um princípio metafísico para ser erigido à suprema virtude, ao princípio moral da vida a ser vivida, e não apenas refletida; o amor conduz à ação, notadamente à caridade. De semelhante, o "agápe" cristão e o "eros" pagão têm em comum o fato de servirem como uma ponte de contato entre o mundo humano e o mundo divino. No Cristianismo, tal ponte é construída a partir da concepção segundo a qual somos feitos à imagem e à semelhança de Deus, de modo que nossa capacidade de amar constitui-se um reflexo do divino em nós, afinal de contas, "**Deus é amor**", afirma o evangelista João (1ª Carta de João, cap. 4, versículo 8). E é por meio do amor cristão, ademais, que podemos nos colocar acima das agruras próprias do nosso mundo e oriundas da "queda" experimentada pelo homem. Eis a explicação para a superação e redenção da dor, do mal, do sofrimento, das perdas, das aflições e até mesmo da morte. Tal superação torna-nos transitoriamente divinos.

Surpreendentemente, porém, não é por meio das palavras de Cristo, o fundador do Cristianismo[62], que temos a plena exaltação do amor. Cristo vê o amor como atrelado à lei a ser seguida e observada – o amor reveste-se de importância na medida em que, por meio dele, a lei se faz cumprir. Antes, é, sobretudo, nas palavras de Paulo que encontramos a configuração do amor cristão tal qual o concebemos em nossos dias. Nas poucas palavras de Cristo a respeito, o que temos é a colocação do amor a Deus sobre todas as coisas e do amor ao próximo como os dois maiores mandamentos (Evangelho

---

62 Convém ressaltar que o termo "Cristianismo" revela-se muito amplo, abrangendo toda doutrina, pensamento e religião que tenham por base os ensinamentos de Jesus Cristo. Esses ensinamentos têm por principal fonte o relato presente nos Evangelhos – livros bíblicos de Mateus, Marcos, Lucas e João – e a forma como foram recebidos, interpretados e postos em prática pela primitiva igreja cristã. Há, porém, uma diferença entre os evangelhos: os três primeiros são denominados sinóticos, posto que relatam muitas histórias em comum. Já o evangelho escrito pelo apóstolo João foge a esta regra. E é justamente o apóstolo João que, em uma de suas cartas, ensinará que "Deus é Amor". João e Paulo são, desse modo, os dois grandes escritores bíblicos que fazem do amor uma virtude suprema – aquela por meio da qual é possível até mesmo distinguir cristãos de não cristãos (Evangelho de João, 13:35). Fazem-no, entretanto, de modo diverso. Enquanto João exprime uma ideia ontológica (e mesmo mística) envolvendo o amor – este seria a própria substância de Deus –, Paulo coloca o amor como princípio prático de vida, tal qual se percebe de maneira irrefutável em sua Primeira Carta aos Coríntios (cap. 13). De uma forma ou de outra, o que fica evidente é o reconhecimento da importância do amor por parte do Cristianismo, um dos principais pilares de nossa civilização ocidental.

de Marcos 12:29-31), aos quais todas as demais normas convergem. Além disso, ao enunciar essas regras, Jesus se vale do conhecimento que ele próprio possuía do Antigo Testamento – e não nos esqueçamos aqui da constantemente renegada origem judaica de Jesus.

É justamente sob a égide do influxo de novos valores, dentre os quais aqueles próprios do Cristianismo, que podemos: 1) passar a entender e justificar instituições como o casamento e as uniões estáveis, que passaram a ganhar algum fôlego ou sobrevida, uma vez que agora não mais, ao menos nas sociedades democráticas ocidentais, são um mero arranjo de interesses que não leva em consideração opinião, gostos, valores e desejos dos nubentes; 2) conceber o amor como a causa da beleza, invertendo-se, desse modo, aquela relação estabelecida pelo pensamento platônico, segundo o qual a beleza, mais especificamente a busca por ela, gerava o desejo e o amor; e 3) ver a beleza não circunscrita ao corpo, ao aspecto físico – antes, a beleza da alma e do caráter também se fazem inspiradores ao amor, sendo que, nessa nova concepção, se pode, então, voltar a relação entre amor e beleza, esta como consequência daquele: "No verdadeiro amor, é a alma que envolve o corpo" (Nietzsche, 2012, p. 39).

Não é apenas o amor/"agápe" que vem em socorro de Eros. A "philía" também desempenha relevante papel nesse auxílio, sobretudo quando passamos a tratar do amor sob a égide das uniões firmadas em nome dele. Conforme lembra Ghiraldelli (2011, p. 25), reportando-se ao pensamento de Montaigne, "bom cônjuge é alguém que sabe cultivar a amizade. A ideia de casamento perfeito associado à amizade é uma insistência entre os filósofos", e, de modo mais específico, à "amizade entre os homens". Ghiraldelli chama-nos a atenção, porém, que embora o bom casamento envolva uma série de características próprias da amizade, ele apresenta um quesito primordial:

> *a abertura real ao corpo do outro e o direito – claramente consentido e, por isso, em nada comparado à perversão – de fazer desse corpo, no amor sexual, um objeto de uso e abuso. Sem esse componente, o casamento não é um bom casamento, até porque nem chega a ser um (op. cit).*

E aqui temos um retorno ao Eros, que, conforme afirmamos anteriormente, mantém-se sob o influxo de outras formas de amor.

Chegamos, assim, a um esboço – quiçá minimamente satisfatório – acerca do amor/"Eros", que se apresenta, na atual conjuntura histórica, de modo moldado (e atenuado) pela convergência das outras formas de amar. **O amor, bem como o ato e a capacidade de amar, conquanto façam parte da natureza humana, são também produtos culturais**, como bem assinala Fromm (1976, p. 113), até porque a natureza humana comporta variações espaciais e temporais (variações históricas). Na civilização ocidental, a ideia do amor romântico passou por alterações significativas, como apontamos em outros capítulos, com destaque ao amor cortês medieval e seu desenvolvimento, que culminou no amor como força primordial dos indivíduos, segundo perspectiva do Romantismo. A partir de então, parece haver uma derrocada do amor, que luta para sobreviver em meio a outros valores. Nas proféticas palavras de Rilke (2013, p. 102), "inclinados a ver no amor apenas um gozo, os homens tornaram-lhe o acesso fácil, barato, sem riscos, como um divertimento de feira".

Em nossa sociedade contemporânea, o amor – em suas formas ideais ("eros", "agápe" e "philía") e também na sua forma combinada – cedeu a numerosas formas de pseudoamor, pelas quais se desnatura e se desintegra. O capitalismo apresenta o mercado como julgador primordial, como regulador de todas as relações sociais, enquanto a democracia apresenta como valor a liberdade, sobretudo na questão política. Ocorre que a mercantilização de tudo e a liberdade absoluta são contrários à natureza humana – limitada em todos os aspectos. Acreditar na possibilidade de negociação de tudo (inclusive das relações amorosas, que são, desse modo, "coisificadas" ou "reificadas") e de o homem ver-se livre de toda e qualquer amarra gera a ruína (tanto dos homens como das instituições) a que assistimos. Negando sua natureza – e isso o homem faz quando quantifica economicamente todas as coisas e quando acredita na liberdade como ausência de limites –, o homem aliena-se de si mesmo e perde o outro como referência mínima. Por consequência, as relações humanas também são alienadas e alienadoras, enquanto os humanos passam a ser autômatos, sem as peculiaridades individuais de cada ser, nos pensamentos, nas ações e também nos sentimentos. Isento das peculiaridades e individualidades distintivas, o ser humano parece aproximar-se dos demais seres vivos, dentro de uma "lógica de rebanho". Essa aproximação é aparente na medida em que conduz à falsa segurança, mas também ao sentimento de solidão. Trata-se, porém, de uma "solidão acompanhada", mas não plenamente partilhada: uma coisa é sentir-se só estando só; outra coisa é sentir-se só estando em meio a uma multidão. É este segundo fenômeno a que assistimos recentemente, de modo reiterado.

Nossa sociedade contemporânea, contudo, fornece meios suficientes e relativamente eficazes para que não se tome consciência dessa solidão: a rotina e a mecanização do trabalho, a burocratização da vida, os ditames da moda, o consumismo, a indústria do entretenimento, as redes sociais, etc. Chegamos ao que foi profetizado por Huxley, em seu *Admirável Mundo Novo* – o homem bem alimentado, bem trajado, sexualmente satisfeito, mas sem personalidade, sem qualquer contato profundo com seu semelhante. Assim, qualquer sociedade e qualquer indivíduo que exclua o amor de sua vivência nega a natureza humana e deve, portanto, arcar com as consequências dessa negação. Sociedade e indivíduos são, nessa medida, vítimas de suas escolhas quanto à negação da natureza humana.

E chegando nesse ponto, pode-se colocar o **amor como a única resposta satisfatória ao problema da existência humana**. Cada humano percebe e sente, intimamente, de forma constante ou em momentos específicos, o absurdo de sua existência, vendo-se como algo entregue à dissolução – afinal, caminhamos todos para a morte. Essa consciência parece ter sido bem explicada por Schopenhauer, para quem a "vontade" – vista como um impulso, um esforço, uma energia, um arroubo; uma força implacável, inconsciente e cega – tudo move. No entanto, é apenas no ser humano que essa "vontade", por residir em um organismo sofisticado, produz o pensamento, gerando a consciência das necessidades físicas, dos fenômenos no mundo e das tendências e necessidades afetivas: eis a obsessão humana pela morte e pela dor, em suma, pelas misérias da vida. Aqui encontramos aqueles que, nessa obsessão, se afundam e outros que, no outro polo, a negam de forma veemente. A reflexão de toda ordem, sobretudo a reflexão filosófica, pode ser vista como um produto desses fantasmas que atormentam o humano. O amor, por sua vez, pode ser visto como um fator que aplaca esses mesmos fantasmas. E já estamos falando não do amor/"Eros" em sua pureza inicial, mas do amor/"Eros" transformado historicamente, sobretudo pelo reconhecimento da "philía" como sua forma atenuada, abrandada, e do "agápe" como sua forma amorosa isenta de tudo aquilo que confronte com o que denominamos "virtude". Mesmo se partirmos do pressuposto da solidão como condição humana inelutável, o amor fica mantido como a resposta já apontada, como nas sempre lembradas palavras de Rilke (2013, p. 104), "duas solidões que se protegem, se completam, se limitam e se inclinam uma para a outra". O outro, objeto de nosso desejo amoroso, por mais que se constitua um perene mistério (e lembremos da metáfora dos trilhos da ferrovia), é a única possibilidade de amenizar a natural solidão, é a única forma de tentarmos um enraizamento nesse mundo, na maioria das vezes, destituído de sentido.

Dessa maneira, a ausência do amor, bem como a incapacidade de amar por vezes verificada, é a verdadeira "**escuridão para a alma**"[63]. Distanciar-se do amor é ser conduzido ao nada. Amar pode (e deve) ser um fardo, pois são gerados transtornos e responsabilidades de toda a ordem – o que não deve nos assustar, pois não estamos no mundo a passeio. Relembrando o que foi dito anteriormente, não é o amor em si, mas as relações estabelecidas por ele e por meio dele, que nos impelem a agir, nos impingem obrigações, nem sempre

---

63 O termo "Noite Escura da Alma" é usado no Cristianismo para se referir à crise espiritual na trajetória rumo à união com Deus, rumo à luz. Trata-se do nome de um poema de São João da Cruz, poeta espanhol e místico cristão do século XVI. Utilizamos aqui o termo como crise amorosa – crise decorrente da ausência do amor ou da impossibilidade de amar.

as mais prazerosas. Esse fardo, contudo, é preferível à falsa leveza do não amar, que é, na verdade, um procurar por algo que não se sabe o que é – ou mesmo se existe – em um quarto escuro. Não amar é enxergar, sem qualquer lenitivo, o vazio do qual a vida pode ser tomada. Amar é um drama, com possibilidades (muitas vezes remotas) de sucesso e momentos felizes. Não amar é excluir totalmente essas remotas possibilidades, donde concluímos que o drama maior a ser vivenciado neste mundo não é não ser amado, mas ser incapaz de amar – daí o caráter emblemático de Don Giovanni.

Pensar o verdadeiro significado do amor é, desse modo, não apenas ligá-lo à natureza humana, mas também reconhecer a ausência dele nos nossos dias. Contudo, é esse reconhecimento que nos permitirá identificar, criticar e alterar as condições sócio-históricas responsáveis pelo seu enclausuramento. Manter a esperança nas possibilidades do amor – quer do ponto de vista individual, quer do ponto de vista social ou coletivo – é um ato racional, embora não à maneira da lógica formal, pois é uma adesão à própria natureza humana.

Reconheçamos, pois, não apenas as características positivas do amor (sua função originadora e unificadora, sua capacidade de conferir valor às coisas, às pessoas e à própria vida, sua natureza libertadora, etc.), mas também, e sobretudo, as negativas, como a servidão e o sofrimento, como características essenciais a ele e a vivência amorosa, até por serem também caracteres ínsitos ao humano[64], próprios da

64 Novamente, é precisa a colocação feita por Schopenhauer (2005, p. 410): "Na maioria das vezes, entretanto, fechamos os olhos para o conhecimento, amargo como um remédio, de que o sofrimento é essencial à vida e, por con-

natureza humana. **Reconheçamos, acima de tudo, a necessidade do amor, em todas as suas facetas** (embora tenhamos procurado ressaltar o amor/"Eros"), para que assim não neguemos a natureza humana, como é próprio de nossa sociedade alienada. E em face da impossibilidade de se conhecer plenamente o amor[65], apontar suas reais causas e, a partir daí, prever suas consequências, resta-nos nos entregar às incertezas decorrentes do ato de amar, já que sem ele a paralisação da vida, em todos os aspectos, é certa. Em não havendo um solo de verdades minimamente seguro, naveguemos pelo mar revolto das incertezas, afinal de contas, parafraseando e adaptando Fernando Pessoa ao nosso tema, "**amar não é preciso, viver também não**". Atentemos, entretanto, ao verdadeiro significado do termo "precisão".

---

sequência, não penetra em nós do exterior, mas cada pessoa porta em seu interior a sua fonte inesgotável".

65 E não confundamos os atos de "conhecer" e "viver". Pode-se, perfeitamente, viver uma situação sem dela se ter a plena consciência, ou seja, sem que ela seja objeto de nosso conhecimento.

REFERÊNCIAS BIBLIOGRÁFICAS

1. Abbagnano, Nicola. *Dicionário de filosofia*. São Paulo: Martins Fontes, 2007.
2. Abelardo. *A história das minhas calamidades*. São Paulo: Nova Cultural, 2005.
3. Andrade, Carlos Drummond de. *Amar se aprende amando*. Rio de Janeiro: Record/Altaya, 1987. [Coleção "Mestres da Literatura Contemporânea"]
4. Arendt, Hannah. *O conceito de amor em Santo Agostinho*. Lisboa: Instituto Piaget, 2007.
5. _______. *A vida do espírito*. Rio de Janeiro: Civilização Brasileira, 2012.
6. Aude, Lancelin; LEMONNIER, Marie. *Os filósofos e o amor*. Rio de Janeiro: Agir, 2009.
7. Barthes, Roland. *Fragmentos de um discurso amoroso*. São Paulo: Martins Fontes, 2003.
8. Bauman, Zygmunt. *Amor líquido – Sobre a fragilidade dos laços humanos*. Rio de Janeiro: Zahar, 2004.
9. Bloom, Harold. *O cânone ocidental – O livro e as escolas do tempo*. Rio de Janeiro: Objetiva, 1995.
10. _______. *O gênio*. Rio de Janeiro: Objetiva, 2003.

11. Bolle, Willi. *Grandesertão.br*. Rio de Janeiro: Duas Cidades, 2004.
12. Brisson, Luc. *Leituras de Platão*. Porto Alegre: EDIPUCRS, 2003.
13. Brontë, Emily. *O morro dos ventos uivantes*. São Paulo: Landmark, 2012.
14. Brontë, Charlotte. *Jane Eyre*. Rio de Janeiro: Paz e Terra, 1996.
15. Brunel, Pierre. *Dicionário de mitos literários*. Rio de Janeiro: José Olympio, 2000.
16. Bulfinch, Thomas. *O livro de ouro da mitologia – Histórias de deuses e heróis*. Rio de Janeiro: Ediouro, 1999.
17. Calligaris, Contardo. *Palavras de amor*. Folha de São Paulo (8/8/2013).
18. Calvino, Ítalo. *Por que ler os clássicos*. São Paulo: Companhia das Letras, 1993.
19. Comte, Augusto. *Curso de filosofia positiva*. São Paulo: Abril Cultural, 1973. (Coleção "Os Pensadores").
20. Comte-Sponville, André. *O amor*. São Paulo: Martins Fontes, 2001.
21. Cross, Milton. *As mais famosas óperas*. Rio de Janeiro: Ediouro, 1983.
22. Ferry, Luc. *Aprender a viver – Filosofia para os novos tempos*. Rio de Janeiro: Objetiva, 2007.
23. _______. *A sabedoria dos mitos gregos – Aprender a viver II*. Rio de Janeiro: Objetiva, 2009.
24. _______. *Do amor – Uma filosofia para o século XXI*. Rio de Janeiro: Difel, 2013.
25. Fromm, Erich. *A arte de amar*. Belo Horizonte: Itatiaia, 1976.
26. Fronterotta, Francesco; BRISSON, Luc (orgs.). *Platão: leituras*. São Paulo: Loyola, 2011.
27. Ghiraldelli Júnior, Paulo. *Filosofia, amores & companhia – provocações sobre o bem viver*. Barueri: Manole, 2011.
28. Goldschmidt, Victor. *A religião de Platão*. São Paulo: Difusão Europeia do Livro, 1963.

29. _______. *Platonisme et pensée contemporaine*. Paris: Librairie Philosophique J. Vrin, 2000.
30. _______. *Os diálogos de Platão – Estrutura e método dialético*. São Paulo: Loyola, 2002.
31. GRAU, Eros Roberto. *Ensaio e discurso sobre a intepretação/aplicação do Direito*. São Paulo: Malheiro, 2003.
32. HESÍODO. *Teogonia – A Origem dos Deuses*. São Paulo: Iluminuras, 2003.
33. HESSEN, Johannes. *Teoria do conhecimento*. São Paulo: Martins Fontes, 2000.
34. JAEGER, Werner. *Paidéia – A formação do homem grego*. São Paulo: Martins Fontes, 1995.
35. KANT, Immanuel. *A metafísica dos costumes*. Bauru: Edipro, 2003.
36. KELSEN, Hans. *O que é justiça?* São Paulo: Martins Fontes, 2007.
37. _______. *A ilusão da justiça*. São Paulo: Martins Fontes, 2008.
38. KONDER, Leandro. *Sobre o amor*. São Paulo: Boitempo, 2007.
39. LACARRIÈRE, Jacques. *Grécia – Um olhar amoroso*. Rio de Janeiro: Ediouro, 2003.
40. LANCELIN, Aude; LEMONNIER, Marie. *Os filósofos e o amor*. Rio de Janeiro: Agir, 2009.
41. LANOT, Frank et al. (org). *Dicionário de cultura literária*. Rio de Janeiro: Difel, 2007.
42. LEOPOLDO E SILVA, Franklin. *Felicidade – Dos filósofos pré-socráticos aos contemporâneos*. Rio de Janeiro: Claridade, 2007.
43. LINS, Regina Navarro. *O livro do amor*. Rio de Janeiro: Best Seller, 2013.
44. MAY, Simon. *Amor – Uma história*. Rio de Janeiro: Zahar, 2012.
45. MITOLOGIA. São Paulo: Abril Cultural, 1976.
46. MONTERO, Rosa. *Paixões – Amores e desamores que mudaram a história*. Rio de Janeiro: PocketOuro, 2009.
47. NIETZSCHE, Friedrich. *Para além do bem e do mal*. São Paulo: Martin Claret, 2011.
48. _______. *100 aforismos sobre o amor e a morte*. São Paulo: Penguin Classics Companhia das Letras, 2012.

49. Pascal, Blaise. *Pensamentos*. São Paulo: Abril Cultural, 1973. (Coleção "Os Pensadores")

50. Platão. *A República*. Lisboa: Fundação Calouste Gulbenkian, 1993.

51. _______. *Fedro*. Belém: Editora da Universidade do Pará, 2011.

52. _______. *O Banquete*. Belém: Editora da Universidade do Pará, 2011.

53. Proust, Marcel. *No caminho de Swann*. São Paulo: Folha de São Paulo, 2003.

54. Reale, Giovanni. *Para uma nova interpretação de Platão*. São Paulo: Loyola, 1997.

55. Ricard, Matthieu. *Felicidade*. São Paulo: Palas Athenas, 2007.

56. Rilke, Rainer Maria. *Poemas e cartas a um jovem poeta*. Rio de Janeiro: Nova Fronteira, 2013.

57. Riso, Walter. *Manual para não morrer de amor*. São Paulo: Academia da Inteligência, 2011.

58. Robin, Leon. *Platon*. Paris: Quadrige, 2002

59. Rogue, Christophe. *Compreender Platão*. Petrópolis: Vozes, 2005.

60. Rolón, Gabriel. *Encontros – Reflexões sobre o amor, o desejo e a ilusão*. São Paulo: Planeta, 2013.

61. Rosa, João Guimarães. *Grande sertão: veredas*. Rio de Janeiro: Nova Fronteira, 2001.

62. Rougemont, Denis de. *História do amor no ocidente*. São Paulo: Ediouro, 2003.

63. Santos, Jarbas Luiz dos. *O Direito e a Justiça – A dupla face do pensamento kelseniano*. Belo Horizonte: Del Rey, 2011.

64. Schiffter, Frédéric. *Filosofia sentimental – Ensaios de lucidez*. Rio de Janeiro: Difel, 2012.

65. Schopenhauer, Arthur. *O mundo como vontade e como representação*. São Paulo: Unesp, 2005.

66. _______. *Metafísica do amor*. São Paulo: Martin Claret, 2011.

67. STENDHAL. *Do amor*. Porto Alegre: L&PM Pocket, 2011.

68. Tolstói, Liev. *Anna Kariênina*. Trad. Rubens Figueiredo. São Paulo: Cosac Naify, 2005.

69. Trabattoni, Franco. *Platão*. São Paulo: Annablume, 2010.

70. Voltaire. *Dicionário filosófico*. São Paulo: Martin Claret, 2003.

71. Watanabe, Lygia. *Platão – Por mitos e hipóteses*. São Paulo: Moderna, 1995.

72. Yalom, Marilyn. *Como os franceses inventaram o amor*. São Paulo: Prumo, 2013.

Este livro foi composto em Eureka e Kievit.
Impresso em Barueri pela RR Donnelley, em papel
off-set 90 g/m², no inverno de 2014.